Othmar Franz Lang
Elisabeth Malcolm

Das vergessene Geschenk und andere Weihnachtsgeschichten

Illustriert von Irmtraud Guhe

Ueberreuter

Die Deutsche Bibliothek – CIP-Einheitsaufnahme

Lang, Othmar Franz:
Das vergessene Geschenk und andere Weihnachtsgeschichten /
Othmar Franz Lang/Elisabeth Malcolm.
Ill. von Irmtraud Guhe. – Wien : Ueberreuter, 1997
ISBN 3-8000-2493-4
NE: Malcolm, Elisabeth

J 2293/1

Umschlag und Illustrationen von Irmtraud Guhe
Gesetzt nach der neuen Rechtschreibung

Printed in Austria
1 3 5 7 6 4 2

Ein Kind weint

Es stand in der Zeitung: Das Kind weinte.
Und das Kind weinte nicht in Bosnien, wo Kinder Hände oder Füße verloren haben oder nur noch mit einem Auge sehen, wenn sie nicht gar erblindet sind. Es war auch kein Kind, das keine Eltern mehr hatte. Trotzdem weinte das Kind.
Auch in Ruanda war es nicht oder sonstwo auf der Flucht, wo Kinder nichts zu essen haben und, was noch schlimmer ist, nichts zu trinken. Wo die große Schwester neben dem kleinen Bruder kniet, der verhungert ist. Rings um sie weinen die Kinder, weil sie zu schwach sind, um weiterzugehen. Und nicht weitergehen, weil sie nicht wissen, wohin. Weil keine Hand da ist, die Brote verteilt und Wasser, Wasser ... sauberes, trinkbares Wasser. Viele, unzählbar viele Kinder weinen.
Unser Kind weinte auch nicht in Varanasi in Indien, das wir Benares nennen. Es haust nicht mit seinen Eltern in einer Kanalröhre aus Beton und macht seine Schularbeiten im Licht einer Straßenlaterne. Viele Betonröhren stehen da, für irgendeinen großen Kanal, der irgendwann irgendwo in der Nähe gebaut werden sollte. Was werden die Eltern und was werden die Kinder tun, wenn an irgendeinem Tag die Bagger kommen?
Aber in der Zeitung stand, dass das Kind geweint hat. Der

Schreiber des Artikels hat es ganz genau beschrieben, das Kind hat nicht nur einfach geweint, nein, er schrieb, dass es *bitterlich* weinte. Und es war nicht in den Bidonvilles in Nordafrika, wo sie in Hütten aus Blech und Pappe wohnen, oder in den Favelas in Südamerika, wo ihre Hütten an steilen Erdhängen kleben.

Es war auch nicht in einem der Elendsviertel auf den Philippinen, wo überall Kinder weinen, weil sie hungern, weil sie dürsten, weil sie keine Kleidung haben. Nein, überall dort weinte das Kind nicht.

Unser Kind, das Kind, von dem in der Zeitung stand, dass es weinte, sogar *bitterlich* weinte, unser Kind weinte bei uns mitten in Europa. Und es hungerte nicht, es dürstete nicht, es fror nicht. Das Kind weinte in keinem Elendsviertel, nicht im Krankenhaus und schon gar nicht beim Zahnarzt.

Das Kind, von dem in der Zeitung die Rede war, weinte in einer Spielzeughandlung, einer *großen* Spielzeughandlung, wie der Schreiber betonte, in einer *großen* Spielzeughandlung einer unserer *großen* Städte.

Warum, werdet ihr sagen, warum soll ein Kind in einer Spielzeughandlung, in einer *großen* Spielzeughandlung, nicht weinen, ja sogar *bitterlich* weinen dürfen? Wenn es zum Beispiel ein Spielzeug nicht bekommt, das es sich so sehr wünscht?

Aber das ist es nicht. Nicht, weil es ein Spielzeug nicht bekam, weinte das Kind.

Nein, das Kind fand nicht, was es suchte. Das Kind fand kein Spielzeug mehr, das es nicht schon besaß. Nur deshalb weinte es, weinte es *bitterlich*, weil es alle Spielsachen, die es in der *großen* Spielzeughandlung gab, schon hatte.

Armes, armes Kind . . .

Der Stern

Theres war kein großes Mädchen, auch nicht besonders stark, aber sie wusste immer, was sie wollte. Deshalb hatten die Buben im Dorf einen Heidenrespekt vor ihr. Gut war sie im Laufen, sie lief den meisten davon, und besonders gut war sie im Kopfrechnen, vor allem, wenn es um höhere Zahlen ging. Da konnten die anderen nur neidvoll zuhören und hin und wieder den Kopf schütteln, so schnell kamen die Antworten von Theres.
Als im Herbst die Schule anfing, sagte Theres zu ihrem Vater: »Ich will ein Mountainbike.«
»Erst einmal sehen, ob es in der Schule gut weitergeht, dann bekommst du eines.« Und nach einer Pause fügte Vater hinzu: »Zu Weihnachten vielleicht.«
»Erst zu Weihnachten?«
»Ja, ein bisschen was musst du schon vorher bringen.«
»Zu Weihnachten will ich eigentlich was anderes«, sagte Theres.
»Was denn?«
»Neue feste Bergschuhe und . . .«
»Was willst du denn noch?«
»Und ich will endlich ein Heiliger Drei König sein.«
»Du, als Mädchen?«, fragte der Vater überrascht.
»Immer nur die Buben«, schimpfte Theres. »Die könnten

ruhig auch ein Mädchen ranlassen. Oder sind wir noch im Mittelalter?«

»Nicht mehr, aber ausgerechnet ein Heiliger Drei König ...«

»Ich würd' mich, wenn es sein muss, ja auch ganz schwarz anmalen, aber dabei möchte ich sein. Die Buben sind ja auch keine echten Könige.«

»Ja, aber sie sind Buben.«

»Sind sie deswegen etwa besser als ich?«

»Nein, aber es ist nun einmal so, dass die Heiligen Drei Könige Männer waren.«

»Vielleicht war auch eine Frau dabei, weise Frauen hat es immer gegeben. Man sagt ja auch die drei Weisen aus dem Morgenland.«

Theres' Vater wollte einlenken. »Das Mountainbike kriegst du, das versprech ich dir.«

»Ein Mountainbike kann jeder haben, aber nicht jeder kann ein Heiliger Drei König sein.«

»Also gut, ich werde mit dem Pfarrer sprechen, wenn er kommt und sich die Winterreifen montieren lässt.«

»So spät erst?«

»Wenn er früher kommt, ist es gut. Aber ich weiß, wenn die Winterreifen draufkommen, kommt er bestimmt. Das kann bei uns ja auch schon im Oktober sein. Oben hat es ja schon im August geschneit.«

Mit oben meinte Theres' Vater das Hocheck. Da hatte es im August tatsächlich bis etwa 1200 Meter herunter geschneit. Sei es, wie es sei, der Vater von Theres wollte die Dreikönigsgeschichte nicht einem Zufall überlassen. So ging er zum Pfarrer, der sich sehr darüber freute, dass endlich einer zu ihm kam.

»Worum geht's denn, Pfaffenbichler?«, fragte er leutselig. »Weswegen kommt du zu mir?«

»Ja, das ist schwierig«, sagte der Vater von Theres. »Es wird sich nicht so leicht machen lassen.«

»Mit einigem guten Willen lässt sich alles machen«, sagte der Pfarrer. »Worum geht's?«

»Ja, meine Tochter, also nicht die große, sondern die zweite, die Theres, möchte auf jeden Fall beim nächsten Mal, wenn sie wieder herumziehen, ein Heiliger Drei König sein.«
Der Pfarrer, der so zuversichtlich dreingesehen hatte, sackte zusammen. Er sah aus, als hätte er ein Magengeschwür. »Also«, sagte er, »die deine auch?«
»Wollen denn am Ende andere Mädchen auch noch?«
»Sie ist schon die vierte, die partout ein Heiliger Drei König sein will. Ich kann doch nicht meine Buben verärgern. Gehen sowieso nicht so gern in die Kirch' wie meine Mädchen.«
»Ja, dann könnte man die Mädchen ein bisschen dafür belohnen«, meinte der Vater von Theres.
»Mädchen als Heilige Drei Könige!« Der Pfarrer seufzte.
»Sie wär sogar bereit, den Mohren zu spielen, mit einem ganz schwarzen Gesicht. Denn mit einigem guten Willen lässt sich alles machen.«
»Pfaffenbichler, ich werd mich umsehen«, versprach der Pfarrer. »Aber versprechen kann ich nix. Wer weiß, vielleicht wird einer krank oder es fällt einer hin und bricht sich den Fuß, dann können wir die Theres ja als Ersatz nehmen.«
»Nur als Ersatz?«
»Ersatz gibt's im Fußball auch. Und wenn ein Bischof krank wird, gibt's auch einen Ersatz, der heißt Koadjutor.«
Nach diesem Gespräch betätigte sich der hochwürdige Herr Pfarrer als Erpresser. Er versammelte die vier oder fünf Heiligen Drei Königsgruppen um sich und sagte: »Dieses Jahr wird nur einer ein Heiliger Drei König, der nichts anstellt. Man kann nicht das ganze Jahr über ein Lausbub sein und kurz darauf ein Heiliger Drei König. Wer nicht spurt, kommt nicht dran, der wird ersetzt, und wenn's durch ein Mädchen ist. Die sind schließlich auch Menschen.«
Das Unerwartete trat ein. Mütter erkannten ihre Söhne nicht mehr, Schwestern nicht ihre Brüder. Väter glaubten an Halluzinationen, wenn sie heimkamen und die kleinen Arbeiten getan waren, die sie ihren Söhnen aufgetragen hatten. Selbst

in der Kirche ließen sie sich fast täglich sehen und das weit vorne, damit sie der Pfarrer ja sehr genau wahrnehmen konnte. Der erste Schnee fiel und der Weg vom Pfarrhof zur Kirche war so schnell freigeschaufelt, als wären Engel am Werk gewesen. Und alles nur deshalb, weil die Buben kein Mädchen an ihre Stelle rücken lassen wollten.
»Weiberzeug!«, schimpfte der Simon. »Fußballspielen wollen s', klettern wollen s' und jetzt auch das noch!«
»Und wenn's älter sind«, fügte Hubert hinzu, »dann wollen s' am End noch Pfarrer werden, und wenn s' noch älter sind, sogar Bischof.«
Theres aber wusste nichts von diesen geheimen Gesprächen und vertraute noch immer darauf, einen Heiligen Drei König darzustellen und Geld für die Armen auf dieser Welt einsammeln zu können. Für die Armen in Südamerika oder in Afrika oder sonstwo.
Der Pfarrer kam, weil der Schnee jetzt auch im Tal liegen blieb, mit seiner verbeulten Blechkiste zum Pfaffenbichler, der einzigen Kfz-Werkstatt im ganzen Tal.
»Die Schneereifen wären wieder dran«, sagte er zum Vater von Theres. »Hinten im Kofferraum sind s'. Ich mein, die alten tun's noch.« Und dann wagte er Ungeheures. Er fragte den Vater der ehrgeizigen Tochter nach eben dieser. »Und wie geht's denn der Tochter, Pfaffenbichler?«, fragte er. »Der Theres?«
»Ja mei, in der Schule geht's, aber sonst halt.«
»Probleme?«
»Sie drangsaliert mich dauernd wegen des Heiligen Drei Königs. Sie sagt, überall werden die Mädchen unterdrückt und sie wär ein viel besserer Heiliger Drei König, als der Simon oder der Sebastian oder gar der Hubert. Die würden mit einem gescheiten Mädchen überhaupt nicht mithalten können. Deshalb blocken sie alles ab. Sie ist halt reichlich modern. Sogar meine Frau hetzt sie gegen mich auf und sagt ihr, sie soll sich nicht alles von mir gefallen lassen.«

»Entsetzlich!«, sagte der Pfarrer. »Wir müssen einen Ausweg suchen, Pfaffenbichler.«
»Aber wie?«, fragte der.
»Lassen wir sie den Stern tragen. Da ist sie dabei, wenn auch kein Heiliger Drei König. Sie mit ihrer schönen Singstimme passt ausgezeichnet zu ein paar älteren Buben, die schon im Stimmbruch sind und nur noch etwas daherkrächzen.«
»Ja, also ich weiß nicht, ob sich das Mädel mit dem Stern zufrieden geben wird.«
»Hier ist Demut gefragt«, sagte der Pfarrer. »Schlichte, einfache Demut. Wir können doch nicht warten, bis sich einer das Bein bricht oder gar Lungenentzündung bekommt. Wenn man sich so etwas wünscht, wär's glatt eine Sünd'.«
»Ich werd mit ihr reden«, sagte Pfaffenbichler kleinlaut.
»Sag ihr halt, wie wichtig der Stern ist. Im Grund sogar noch wichtiger als die Heiligen Drei Könige. Denn der Stern ist nicht hinter den dreien hergelaufen, sondern die drei hinter dem Stern.«
»Das ist ein gutes Argument, denn die Theres möcht eigentlich vornweg sein. Mit dem Stern kann sie's und braucht sich auch nicht das Gesicht schwarz machen.«
Als am Abend der Pfaffenbichler seiner Tochter eröffnete, dass er mit dem Pfarrer gesprochen habe, fragte sie gleich: »Und welcher König darf ich sein? Der Kaspar, der Melchior oder der Balthasar?«
»Was viel Besseres«, sagte der Vater.
»Wen gibt's denn da noch?«
»Den Stern.«
»Den Stern bloß?« Theres sprang so schnell auf, dass der Stuhl hinter ihr umfiel. »Nein, nein, nein!«, rief sie. »Mit dem Stern, das wird nix!«
»Schad«, sagte der Vater. »Dabei ist der Stern so wichtig. Wo wären denn die Heiligen Drei Könige hingekommen, ganz ohne Stern? Der Pfarrer sagt, der Stern ist eigentlich das Wichtigste. Es heißt ja auch, ›Sie folgten dem Stern‹. Das

heißt, du hast eigentlich das Kommando über die drei. Wo du hingehst, müssen auch die hin. So ist das, meine Liebe. Und drum heißt es ja auch nicht Heiligedreikönigssinger, sondern Sternsinger. Weil der Stern die Hauptsach' ist.«
Theres hatte den Stuhl aufgehoben und sich wieder hingesetzt. »Und was für einen Stern kriege ich?«, fragte sie.
»Den schönsten goldenen Stern, den's gibt.«
»Das Gold sieht man ja nur am Tag«, sagte die Theres. »Im Dunkeln bringt das gar nix. Ich möcht einen Stern, der richtig leuchtet.«
»Lässt sich machen, Resi«, sagte der Vater. »Ich schweiß dir aus ein paar starken Drähten einen wunderbaren Stern. Da kleben wir gelbes Pergament darüber, geben eine Taschenlampe hinein und der Stern leuchtet nach allen Seiten.«
»Wie lang?«, fragte die Theres, die keine halben Sachen leiden mochte.
»Von mir aus vierundzwanzig Stunden. Das ist überhaupt kein Problem. Mit der richtigen Batterie geht alles.«
»Und was zieh ich an?«
Jetzt meldete sich die Mutter. »Also, ich stell mir vor, so ein leicht gelbliches Weiß tät gut passen, mit Goldbordüren rechts und links und vorn und hinten, da stichst du glatt die drei Könige aus.«
»Und was trag ich auf dem Kopf?«
»Wozu haben wir weiße Kaninchen?«, fragte der Vater. »Die Mama näht dir eine wunderschöne Pelzmütze, innen mit weißer Seide gefüttert und mit Goldfäden außen. Und als Stange für den Stern, da nehmen wir eine Bambusstange, damit das Sterntragen nicht zu schwer wird für dich.«
»Bambus mit Gold verziert«, schlug die Theres vor.
»Ja, auf keinen Fall nur ein einfacher Bambus. Das wär gar nicht schön. Und was täten auch die Leut sagen«, fand die Mutter.
So ging Theres zur ersten Besprechung, bei der die Sternsingergruppen aufgestellt wurden.

Theres kam zu drei Königen, die gleich zeigten, dass sie eigentlich kein Mädchen für den Stern haben wollten.
Als sie danach probeweise die Lieder sangen, waren sie jedoch ganz froh, dass sie jemanden dabeihatten, der die Melodie halten konnte und sich beim Singen nicht schämte. Sie wusste sogar die zweite Strophe auswendig, die die Jungen längst vergessen hatten.

Die Heiligen Drei König' mit ihrem Stern;
wir suchen das Kindlein, den Heiland, den Herrn.
Der Stern gibt uns den hellen Schein,
das Kindlein soll ein König sein.

Was die drei Buben zuwege brachten, hörte sich wie das Blöken von Schafen an, die Keuchhusten hatten.
»Bist wenigstens gut auf den Füßen?«, fragte der Größte von den dreien, der Lukas. »Denn eins musst schon wissen, wir haben einen weiten Weg.«
»Dann trainierts halt schon«, sagte die kecke Theres, »damit ihr hinter mir mithalten könnts.«
Wieder tuschelten die drei miteinander. »A so a Freche«, sagte der Max. »Wir gehen diesmal bis zum Krabichler hinauf, dann wird s' am Rückweg sicher weinen und nimmer weiterkönnen, die Großkopferte.«
Theres ahnte, dass die drei nichts Gutes vorhatten. Und das fand sie schlimm, weil es doch um einen so frommen Brauch ging.
Ein paar Tage später hatten sie noch eine Zusammenkunft, diesmal schon mit ihren Gewändern. Theres musterte die drei Jungen und fand, dass sich durch Kleinigkeiten Verbesserungen erreichen ließen. Da fehlte auf einer Pappkrone ein Streifen Goldpapier, dort war der bodenlange, rote Rock zu schlampig genäht. Und Daniel, der Mohrenkönig, hatte seinen Umhang mit Sicherheitsnadeln zusammengesteckt.
»Das geht nicht«, sagte Theres. »Im Neuen Testament steht nirgends auch nur irgendwas von Sicherheitsnadeln. Die müssen weg.«

Keiner der drei kannte das Neue Testament so gut, um widersprechen zu können. Sie deuteten zögerndes Einverständnis an, als Theres sagte: »Kommts zu mir, ich näh das ordentlich zusammen.«
Und so kam der Tag, an dem sie losziehen sollten. Lukas, Max, Daniel und der Stern, die Theres. Der Weg führte zunächst hinaus ins Tal, eine halbe Stunde nach Schüttdorf hin, zu etwa dreißig neueren Häusern und drei Bauernhöfen.
Es war ein dunkler Tag, die Wolken hingen schon in den Wipfeln am Waldhang oben und der Stern leuchtete bereits am frühen Nachmittag, man konnte ihn schon von weitem sehen. Die Heiligen Drei Könige hatten sich verabredet, ein scharfes Tempo einzuschlagen, damit der Theres die Luft ausging. Die aber hielt wacker mit und hatte beim ersten Haus noch so viel Luft, dass sie als Erste richtig singen konnte:
Drei Könige aus dem Morgenland,
die zogen her von fern.
Der Weg war ihnen unbekannt.
Es führte sie ein Stern.
Beim zweiten Haus murmelten und brummten die drei schon besser mit. Theres hielt den Stern und ihr Gesicht schimmerte in seinem Licht ganz unwirklich. Schließlich malte Lukas als Größter das C+M+B und die Jahreszahl an den Türstock. Max hielt seine Blechbüchse hin, in die die Hausfrau einen Geldschein steckte. Dann zogen sie weiter. Die Kinder vor der Haustür winkten noch eine Weile. So schritten der Stern und die Könige ohne jede Anstrengung von einem Haus zum anderen. Als sie mit Schüttdorf fertig waren, ging es auf einem schmalen Sträßchen die Schafleiten hinauf. Jetzt standen die Häuser nicht mehr so schön beisammen wie unten. Das letzte Straßenstück vor dem ersten Haus war steil, die Heiligen Drei Könige keuchten.
»Machts eine kurze Pause!«, befahl Theres. »Sonst habts keine Luft mehr zum Singen.« Die drei standen still und Theres wunderte sich. Aber von da an übernahm sie das Kommando.

Max war der Erste, der ein wenig fluchte. »Ist eigentlich viel verlangt, für ein paar Häuser so weit zu gehen«, schimpfte er. »Da müsste man eine Erschwerniszulage kriegen.«
»Bist du still!«, zischte Theres, denn sie näherten sich dem Anwesen vom Ausserlechner. Sie mussten sich ordentlich räuspern, ehe sie singen konnten:
Wir kommen daher ohn' allen Spott,
ein' schön' guten Abend geb euch Gott.
Nach der ersten Strophe wussten die Heiligen Drei Könige nicht mehr weiter, so musste Theres als Solistin weitersingen:
Wir kommen hierher von Gott gesandt
mit diesem Stern aus dem Morgenland.
Dann steckte man ihnen das Geld in die Büchse und die Ausserlechnerin spendierte, weil es so schön war, für sie alle noch eine Dose mit Backwerk.
»Als Wegzehrung«, sagte sie. Und das war auch gut so, denn hier hörte das schmale, schneegeräumte Sträßchen auf und ging in einen noch schmäleren Wirtschaftsweg über.
Mehr als zehn Minuten stapften sie durch den Schnee bis zum Unterseher hinauf, wo sie das Haus bereits in der Finsternis erwartete. Zum Glück leuchtete ihr Stern und der Schimmer aus den Fenstern zeigte an, dass hier Menschen hausten.
»Grüß euch Gott«, sagte die Unterseherin. »Sakra, habt ihr einen schönen Stern. Und so hoch seids heraufgestiegen. Na, lassts hören, was ihr heuer singts.«
Sie begannen leider etwas zu früh, als ihr Atem noch kurz war, aber mit der Zeit hatten sie mehr Luft und zudem sangen die Unterseher-Kinder mit, so konnte man zufrieden sein.
»Ihr geht's jetzt wohl wieder heim?«, fragte der Unterseher.
»Nein, wir wollen noch zum Krabichler hinauf. Schließlich gehen die Heiligen Drei Könige überallhin.«
»Aber das ist gut eine Dreiviertelstund Weg hinauf, steil, und der Schnee wird auch immer mehr«, wandte der Unterseher ein.
»Und voriges Jahr, und ich mein, überhaupt, sind die Heiligen

Drei Könige immer bei uns um'kehrt und wieder heimgangen«, sagte die Frau.
»Nein, nein, das schaffen wir schon«, sagte der Lukas. »Und die Dunkelheit macht uns nix, mit unserem hellen Stern.«
»Das ist doch ein Mädel, was ihr da habts, na, ich weiß net, ob die das derpackt«, gab der Unterseher zu bedenken.
»Keine Angst«, sagte Theres, »das schaff ich schon.«
Und so gingen sie weiter, das heißt, sie plagten sich den Berg hinauf. Durch nachtdunkle Waldstellen und etwas hellere Lichtungen. Die Theres in ihren neuen Bergschuhen hatte es ein bisschen leichter, weil sie die Stange, auf der der Stern prangte, als Bergstock einsetzen konnte.
»Sind wir noch net bald da?«, jammerte Daniel. »Das nimmt ja überhaupt kein End'.«
»Gleich werden wir's haben«, brummte Lukas wenig überzeugend. Aber der Weg war weiter und anstrengender, als sie gedacht hatten. Als sie endlich vorm Krabichlerhaus ankamen, zitterten ihnen ordentlich die Knie. Erst nach einer Weile klopften sie an die Tür und dann dauerte es wieder eine Zeit, bis geöffnet wurde.
»Ja, Himmel«, rief die Krabichlerin und dann ins Haus hinein: »Kommts alle schnell, ihr glaubts net, wer da ist!«
Und da kamen sie alle, die Kinder, der Mann, die Magd und der Großvater, dem die Tränen in die Augen traten, weil er alles so schön fand. Die Heiligen Drei Könige und der leuchtende Stern vor allem und der Sternträger oder war's ein Mädel? Ja, beim Singen konnte man's hören.

Die Heiligen Drei König' sind wohlgesinnt.
Sie suchen die Mutter und das Kind.
Der Josef fromm sitzt auch dabei.
Der Ochs und Esel lieg'n auf der Streu.

Und nachher hob das Reden an. »Ja, das ist ja mindestens zehn Jahr her, dass die letzten da waren.« – »Aber selbiges Jahr hat's noch keinen Schnee g'habt.« – »Ja, wenn wir das gewusst hätten, wär' ich mit dem Traktor zum Unterseher runter.« –

»Kommts ins Haus rein auf was Warmes. Müssts ja ganz derfrorn und ausg'hungert sein.«
Sie bekamen Speckknödel in einer würzig schmeckenden heißen Suppe. Erst nachdem Theres die Pelzmütze abgenommen hatte, nahmen auch die Heiligen Drei Könige ihre Kronen ab und stellten sie neben ihre Teller auf den Tisch.
»Sind wunderbare Knödel«, lobte Theres die Speise. »Was tust alles rein?«, fragte sie die Krabichlerin.
»Tja, ordentlich Speck, schön glasig braten, ein wenig Zwiebel dazu, ja, und das Wichtigste, grünes Selleriekraut, ganz fein mit dem Wiegemesser g'schnitten.«
»Das muss es sein«, sagte Theres. »Werd ich nachher meiner Mutter sagen, das ist ihr bestimmt neu.«
Die Heiligen Drei Könige hatten ihre Teller ausgelöffelt und zeigten Anzeichen von Müdigkeit. Lukas fielen immer wieder die Augen zu und Max musste sogar geweckt werden, als Theres zum Aufbruch mahnte. Zögernd setzten sie wieder ihre Kronen auf und sie wurden herzlich verabschiedet. Sie mussten viele Hände drücken und der Großvater sagte immer wieder, wie schön das war und wie sehr es ihn gefreut hätt. Der Krabichler drehte noch das Licht über der Haustür an. »Damit sie nicht gleich in ein dunkles Loch fallen.« Und es leuchtete noch eine ganze Weile hinter ihnen her, als der Stern längst wieder die Führungsrolle übernommen hatte und sie sich an die dunkle Nacht gewöhnt hatten.
Die Heiligen Drei Könige waren jetzt wieder Buben, die damit prahlten, dass sie bis zum Krabichler hinaufgestiegen waren. Und sie stießen sich mit den Ellbogen an und flüsterten: »Gleich wird sie nicht mehr weiterkönnen und uns um Hilf' angehen.«
Aber sie konnte noch weiter. Beim Unterseher und auf dem Weg hinunter zum Ausserlechner riefen die Buben: »Stern, geh ein paar Schritt weiter, wir kommen gleich nach.« Und sie ließen ihr Wasser in den Schnee plätschern und gaben der Suppe die Schuld, dass sie jetzt unbedingt mussten.

Nachher riefen sie: »He, Stern, net so schnell, du rennst uns ja davon.« Und weil sie ihre Arbeit mit dem Sternsingen gemacht hatten, wurden sie kecker. Jetzt sangen sie allein:

Die Heiligen Drei König' mit ihrem Stern
Sie essen, sie trinken und zahlen nicht gern . . .

Beim Ausserlechner vermutete Lukas, dass er morgen einen ordentlichen Muskelkater haben werde, und obwohl sie jetzt wieder auf dem Sträßchen waren, wurden sie langsamer. »Stern, net so schnell, jetzt haben wir ja Zeit.«

Max fand, dass ihm die Füße wehtaten. »Sie tappen nur noch so dahin. Wahrscheinlich sind's die Schuh'.«

»Schieb's nicht auf die Schuh', die sind ganz ordentlich«, meinte die Theres. »Und außerdem kommen wir bald ins Flache. Da unten sind schon die Lichter von Schüttdorf.«

»Da haben wir angefangen«, sagte Daniel, als sie durch die stillen Gassen gingen.

Und dann geschah es. Im freien Feld, als sie aus dem Ort heraus waren, um den Weg abzuschneiden, und nur noch eine halbe Stunde bis nach Hause hatten. Da kam eine weiße Wand auf sie zu. Schnee. Und der Schnee fiel so dicht, wie sie es noch nie erlebt hatten. Sie schritten wie in eine weiche, weiße Mauer hinein. Nach wenigen Minuten waren sie nicht mehr sicher, dass sie den Feldweg noch unter den Füßen hatten.

»Wir müssen mehr nach links«, rief Lukas der Theres zu.

Die aber fand, dass es geradeaus besser wäre.

»Ausgerechnet jetzt«, jammerte Daniel. »So ein verrückter Schnee.«

»Wir müssen uns bestimmt mehr links halten«, sagte Max, der nicht mehr daran dachte, den starken Mann zu spielen.

Theres schaute zu ihrem Stern hinauf, die schrägen Flächen nach oben waren zugeschneit, aber nach unten hin leuchtete er noch. »Also gut, gehen wir nach links«, sagte sie.

Nach einigen Minuten begann Daniel zu jammern. »Wir haben uns verirrt«, meinte er. »Wir gehen im Kreis.«

»I wo!«, gab sich Lukas noch immer zuversichtlich. Aber ganz

sicher war er sich auch nicht mehr. Als sie vor einem Graben standen, wurde er kleinlaut. Sie wussten nicht mehr, wo sie waren.
»Hört auf mich, wir müssen mehr nach rechts. Wenn wir die drei Birken am Wegrand finden, sind wir richtig«, rief Theres.
»Find du in diesem Schneetreiben die drei Birken«, höhnte Max.
»Wir müssen in unseren Fußstapfen zurück«, schlug Theres vor. Das machten sie auch, aber schon nach einigen Schritten fanden sie im Licht des Sterns keine Spuren mehr.
»Was sagst du jetzt?«, fragte Lukas die Theres.
»Noch eine kleine Weile in derselben Richtung.«
»Und dann rechts?«
»Nein, zuerst links und dann rechts.«
Sie gingen die paar Schritte weiter und folgten dann dem Stern nach links und rechts.
»Wenn wir nicht zum Krabichler hinauf wären, könnten wir schon längst daheim sein.« Daniels Stimme klang fast weinerlich.
»Ihr wolltet doch bis ganz oben hinauf«, sagte Theres, die mühsam durch den Schnee stapfte.
Die drei schwiegen und blieben stehen. »Und wohin jetzt?«, fragten sie wie aus einem Mund.
»Weiter«, sagte die Theres. »Da vorne muss es sein.«
»Was?«, fragte Max.
»Frag nicht so dumm, unser Dorf.«
Sie gingen weiter und ihr Gang wurde immer schleppender. Sie hörten den Schnee fallen und sonst keinen Laut. Das Tal, die Welt schien wie in Watte verpackt. Kein Laut drang an ihre Ohren.
»Ich schaff es nimmer«, meldete Daniel. »Tragts mich!«
»Das tät dir so passen«, schimpfte Lukas.
Und da, es kam wie von einer anderen Welt, da hörten sie von weitem die Kirchturmuhr schlagen. Sie wussten plötzlich wieder die Richtung. Theres hatte sie richtig geführt. Sie war

eben der Stern. Und kurz darauf stießen sie auch auf die drei Birken.
»Na also«, sagte Theres, als eine Weile danach die Umrisse der ersten Häuser zu erkennen waren und dann die Lichter in den Gassen.
»Ja«, sagte Lukas, der jetzt wieder obenauf war, »bist zwar nur ein Mädel, aber wenn du willst, dann darfst im nächsten Jahr wieder mit uns herumziehen. Weil . . . weil du so einen schönen Stern hast.«

Weihnachten in Huyllas

Huyllas ist ein Dorf in den bolivianischen Anden. Ein Dorf am Ende der Welt.
Wenn du nach Huyllas willst, musst du durch den Cachimayo waten. Und der Cachimayo ist ein gefährlicher Fluss. Allein darfst du da nicht hinein. Er schiebt jede Menge Geröll mit sich. Fußballgroße Steine und noch größere. Wenn dich so ein Stein trifft, hast du einen gebrochenen Knöchel und kannst nicht weiter. Du fällst um und ertrinkst im dreißig Zentimeter tiefen Wasser. So gefährlich ist der Fluss.
Es gibt noch eine Reihe weiterer Besonderheiten in Huyllas, das in ungefähr 3 000 Meter Höhe liegt. Der Mais wächst hier nur kniehoch und die Kartoffeln werden so groß wie größere Murmeln. Nur dass man mit ihnen nicht spielen kann, man braucht sie zum Essen. Huyllas heißt »die Hütten« und es sind auch nur Hütten, in denen die Campesinos hausen. Fensterlose Hütten. Das Licht kommt nur durch die Türöffnung. Wenn du die Tür daran lehnst oder eine Decke davorhängst, ist es dunkel in der Hütte. In einer Ecke des einzigen Raumes wird auf dem Boden gekocht, in einer anderen Ecke geschlafen. Betten haben sie nicht, Tisch und Stühle haben sie auch nicht, weil nichts in Huyllas so teuer ist wie Holz.
Arm sind die Frauen in Huyllas. Wenn sie ein Kind bekommen, hilft ihnen kein Arzt. Das nächste Krankenhaus ist mehr

als vier Stunden entfernt und dazwischen liegt der Cachimayo. Was mit dem los ist, weißt du bereits. Wenn also eine Frau in Huyllas ihre Stunde nahen fühlt, dann bleibt sie im Haus. Sie schüttet etwas Stroh auf den Fußboden aus gestampfter Erde. Ist sie wohlhabender, breitet sie ein Lammfell aus. Dort kniet sie sich hin und ihr Mann ist dabei und kniet sich ihr gegenüber. Er streichelt den Bauch seiner Frau, wischt ihr den Schweiß von der Stirn, bis es so weit ist und das Neugeborene auf das Stroh oder das Lammfell plumpst.
Arm sind die Frauen in Huyllas. Dreimal arm. Sieben Kinder müssen sie auf die Welt bringen, wenn zwei über zehn Jahre hinaus alt werden sollen. Sieben Kinder – und fünf sterben ihnen weg. Sie werden in kleine Särge aus weißer Pappe gelegt und in die Erde gebettet. Zu Allerseelen sitzen dann alle Mütter und Väter die Nacht über am Friedhof bei den Gräbern ihrer Kinder und singen leise Lieder. Sie sind bei ihren Engeln, sagen sie in Huyllas. Und es gibt viele Kindergräber auf dem Friedhof dort.
In Huyllas gibt es aber nicht nur Hütten, da ist auch der Gutshof, die Finca. Und in der Finca sitzt die Finquera und lässt alle Campesinos für sich arbeiten. Eine Kirche ist auch noch da, eine kleine, armselige Kirche. Hatte sie je eine Tür? Die Fenster sind nur Höhlen in den Seitenmauern. Es gibt keine Kunst in der Kirche von Huyllas, keine goldumrauschten Heiligen, keine Bilder an der Wand, nicht einmal Betbänke. Und den Altar haben sie aus Steinen und Lehm zu einer Art Tisch geformt. Es gibt auch keinen Pfarrer in Huyllas.
Das heißt, ein paar Mal im Jahr kommt Don Felipe auf seinem altersschwachen Maultier aus Sucre. Die Männer erwarten ihn am anderen Ufer des Cachimayo und tragen ihn, den rheumageplagten Mann, durch den Fluss. Dann kehren sie noch einmal um und holen das Maultier mit dem Gepäck. Viel bringt er nicht mit, der alte geistliche Herr. Ein paar Stofflappen für die Kinder zum Spielen. Ein Kreuz und einen Kelch,

ein paar Kerzen, die Hostien natürlich, etwas Wein und Weihrauch für die Messe. Vom Weihrauch hat er viel, da zaubert er auch dicke, duftende, fast undurchsichtige Wolken in die kleine Kirche von Huyllas, in der es nach Schweiß und Armut riecht. Ein Glück, dass die Fenster die Luft nicht umklammern, sondern alle Gerüche, auch den Duft des Weihrauchs, ins Freie entlassen.

Noch etwas ist anders hier in Huyllas. Es liegt auf der südlichen Hälfte der Erdkugel. Weit genug vom Äquator entfernt, dass man zwischen Winter und Sommer unterscheiden kann. Nun ist es so, dass dort Winter ist, wenn wir Sommer haben. Und Sommer, wenn es bei uns Winter ist. In unserem Sommer kann es in Huyllas dünne Eisdecken auf den Pfützen geben und der Weihnachtstag kann hier ein heißer Tag sein. Wie besonders dieser, an dem auch Don Felipe aus Sucre gekommen ist.

Diego, ein alter, fast blinder Campesino, läutet die Glocke, um die Campesinos zum Weihnachtsgottesdienst zu rufen. Die Serranos, die Serrudos, Gonzales und Altamuras und wie sie sonst heißen. Das Läuten ist keine schwere Aufgabe, die Glocke ist klein und sie hat keinen schönen Klang. Sie scheppert genauso, wie wenn Blech auf Blech schlägt. Aber Diego kann die Glocke so läuten, dass sie auch der Letzte in Huyllas hört.

Du hörst die Weihnachtsglocke von Huyllas weit im Hochtal der Anden. Mittags hatte es über dreißig Grad im Schatten gehabt. Und Schatten gibt es nur an den Mauern der Hütten, Bäume wachsen hier nicht mehr.

Schwitzende Campesinos arbeiteten vor der Messe noch auf den Feldern. Schafe und Esel zogen über die grünen Hänge. Die Fliegen summten um die Hütten, ganze Geschwader, dicke, grün schillernde Brummer darunter.

Hoch steht hier die Sonne zu Mittag, fast im Zenit. Jeder, der vor das Haus tritt, hat fast keinen Schatten. Heiß sind noch der Nachmittag und der Abend.

Weihnachtsgottesdienst in Huyllas. Ein Falter flattert in der Kirche in einem Sonnenstrahl, der die Weihrauchwolke durchdringt, Weihnachtsduft und Fliegengesumm. Die Campesinos schwitzen. Alle, die gehen konnten, sind gekommen. Der Platz der Finquera in der Kirche ist leer. Das ist von ihr als Strafe für Don Felipe gedacht, weil der sich unterstanden hatte ihr vorzuwerfen, dass sie die Campesinos, die Indios, um ihren gerechten Lohn betrüge.

Das Weihnachtsevangelium wie bei uns. »Es begab sich zu der Zeit . . .« Und dann spricht Don Felipe. Er predigt nicht, er erzählt den einfachen Leuten die Geschichte von der Geburt Christi und wie herrlich Gott es eingerichtet habe, dass Christus gerade in diesen Tagen geboren wurde, da die Sonne am höchsten steht. Da sie ihr Licht allem spendet, was wachsen will, ihre Wärme allem Leben Kraft gibt.

Don Felipe erzählt weiter. Er erzählt von der Herbergssuche. Und plötzlich sind Josef und Maria keine Fremden mehr, sondern Campesinos, wie sie alle hier in Huyllas. Maria trägt einen Filzhut und hat ihr schwarzes Haar in zwei schwere Zöpfe geflochten. Und selbst ihre weite Poliera kann nicht verbergen, dass sie hochschwanger ist.

Die Frauen seufzen, als Don Felipe vom Zustand der Maria spricht, die ihre Füße kaum mehr heben kann, weil sie schwer sind wie Blei. Sie kennen das. Und da sind die hartherzigen Leute, die Reichen, die Herrschenden, die keinen Platz für sie haben, der dicke Wirt nicht und die Leute, die große Geschäfte machen, nicht und auch nicht der Finquero, der ein prächtiges Haus mit vielen Zimmern besitzt, mit vielen Türen und Fenstern aus Glas. Nein, arme Campesinos sind es, die Josef und Maria aufnehmen, der Sindicato, der Ortsvorsteher, bringt sie in den Stall des Dorfes und so kommt Don Felipe wieder zu Ochs und Esel. Und plötzlich wissen sie alle, Huyllas ist Bethlehem. Draußen vor dem Dorf, auf den Hängen, wo die Schafe weiden, wird der Engel den Kindern erscheinen und ihnen die Geburt des Erlösers verkünden.

Sie sind sich einig, dass Maria ihren Sohn kniend zur Welt gebracht hat. Wie denn anders hätte sie ihn ohne Hilfe gebären können? Auf einem Lammfell, wahrscheinlicher noch auf sauberem Stroh. In Huyllas wurde noch jedes Kind wie Christus geboren und war arm wie Christus. Und die Armen kamen als Erste zur Krippe. Die Hirten und Landarbeiter, die Gebrechlichen und Hungernden. Nur die Heiligen Drei Könige würden nie nach Huyllas kommen, denken sie. Wie denn auch, wenn die Wasser des Cachimayo so wütend dahinschossen.

Du gehst aus der Kirche von Huyllas und keine Orgel rauscht und reißt den Himmel auf. Nur der blecherne Klang der Glocke begleitet dich. Die Sonne brennt noch immer vom Himmel herunter und es ist noch immer drückend heiß. Kein Schnee knirscht unter deinen Schritten, nur der Staub von Huyllas legt sich auf deine Schuhe.

Aber wenn du in die Gesichter der Campesinos blickst, weißt du, dass Weihnachten ist.

180 000 Christbaumkugeln

Posaunenklänge leiten zum Christkindlmarkt, dessen Holzbuden bereits geöffnet haben. Noch brennen die Lichter der vorweihnachtlichen Beleuchtung nicht. Die Sterne, Kreise und Lichtergirlanden hängen wie tot über dem Platz, sind wie schwarze Spinnweben über die Seitenstraße gespannt. Auch der buschige, etwa zehn Meter hohe Christbaum überragt dunkel, fast bedrohlich und fremd die kleine Höhle, in der die Krippe in der Mitte des Platzes aufgebaut ist. Auf dem Podium steht schweigend ein Männerchor, davor drei kleine frierende Mädchen mit goldenen Flügelchen und weißen Nachthemden über dicken Pullovern. Eine dicht gedrängte Menschenmenge umringt das Podium, gedämpftes Gemurmel. Fast ebenso viele Leute stehen vor den Ständen, an denen Glühwein ausgeschenkt wird, halten dampfende Becher mit beiden Händen umfasst. An einigen Buden werden Würstchen verkauft. Hinter Strohsternen und matt glänzendem Zinnschmuck stehen lustlose Verkäufer. Die Menschen schieben sich wie eine düstere Masse durch die Budengasse. Auf dem Podium redet jetzt jemand, wahrscheinlich der Bürgermeister. Aber seine Worte durchdringen die zähe Menschenmasse nicht. Das Kinderkarussell dreht sich lautlos im Kreis, drei Kinder sitzen mit

verängstigten Gesichtern auf den Pferdchen, die nichts weiter sind als alte Holzgäule, von denen bereits die Farbe abblättert. Doch da, von einer Sekunde zur anderen ändert sich alles! Der mächtige Christbaum in der Mitte des Platzes erstrahlt im Licht von Hunderten von Kerzen, die dunklen Spinnweben über Platz und Seitenstraße haben sich in glitzernde Sterne und Kometen verwandelt, in Girlanden aus gleißendem Feuer. In den Buden funkelt der Zierrat aus Zinn, glänzen Lametta und silberne Glöckchen, schimmern die Strohsterne. Es duftet nach gebrannten Mandeln und gebratenen Maroni. Vor den Buden stehen plaudernde, lachende Menschen, die dampfenden Becher mit Glühwein in den Händen. Das Karussell kann sich nicht schnell genug drehen, um die Kinderschar aufzunehmen. Sie drängt auf die lustigen Pferdchen, die unter hellem Gebimmel dahingaloppieren. Vor der Krippe in der Höhle unter dem schützenden Baum in der Mitte des Platzes stehen Eltern und Kinder mit fröhlichen Augen. Der Männerchor auf dem Podium stimmt ein altes Adventslied an, die drei Engelchen verkünden die Verheißung der Weihnacht. Der Christkindlmarkt ist für 24 Tage zum Leben erwacht.
Das Licht der glänzenden Sterne und Girlanden fängt sich in den roten und goldenen Kugeln und Christbaumspitzen, den silbernen und mattbronzenen Glocken, den weiß besprühten Tannenzapfen, den bunten Vögelchen mit den silbernen Schwänzen, den bunten Glasketten. Und wenn sie auch schon Christbaumschmuck genug zu Hause haben, die eine oder andere Kugel, dieses Vögelchen oder jene besondere Glocke müssen die Menschen einfach noch mitnehmen.

Aber wie entstehen diese Christbaumkugeln, die jeder kennt, die an jedem Christbaum hängen? Seit wann gibt es sie? Seit wann gibt es bei uns den Brauch, an Weihnachten einen Tannenbaum aus dem Wald zu holen und im Zimmer aufzustellen?
Wenn man in den richtigen Büchern nachliest, erfährt man,

dass 1605 zum ersten Mal von einem Tannenbaum geschrieben steht, der in Straßburg öffentlich ausgestellt war. Es hingen jedoch keine Kugeln dran, sondern rote Äpfel. 1611 erfährt man von einem Tannenbaum, der darüber hinaus noch mit Kerzen geschmückt war. Er stand im Schloss einer Herzogin. Aber immer noch ohne Kugeln. Ja, und was ist nun mit den Kugeln? 1870 erfand Justus Liebig aus dem Ort Morgenstern bei Gablonz, das damals noch in Böhmen lag, die Kunst, Glaskörper von innen zu versilbern. Seitdem schmücken glänzende Glaskugeln den Christbaum.
Und wie die so schön bunt und glitzernd gemacht werden, kann man sehen, wenn man in Rosenheim bei dem größten Christbaumkugelhersteller zuschauen darf, der seine Firma aus dem ehemaligen Böhmen nach Bayern verlegt hat.
Wenn man nun glaubt, beim Eintritt in die Werkshallen von Weihnachtsliedern empfangen zu werden, irrt man sich gewaltig. In einem weiten hellen Raum mit hohen Fenstern sitzt gleich rechts neben dem Eingang ein Mann an einer seltsamen Maschine, die ziemlich viel Lärm macht. Hinter ihm, in einer großen Wanne, befinden sich Tausende von hauchzarten durchsichtigen Kugeln, die noch mit einem trichterförmigen Füßchen versehen sind. Diese kugelartigen Glasgebilde schieben sich wie durch Geisterhand scheppernd und kullernd auf den Mann zu, der sie einzeln auf Pflöckchen aufsteckt, die von einem Fließband befördert werden.
Die aufgesteckten Glaskörper verschwinden nun durch die Maschine hindurch in den nächsten Raum, den eine Mauer von dem ersten Raum trennt. An der Tür zu diesem zweiten Raum steht Vorsicht, Erstickungsgefahr! Sofort erstickt man natürlich nicht, wenn man da hineingeht, denn die Luft dort wird täglich fünfzehnmal umgewälzt. Nur sollte man sich dort nicht gemütlich niederlassen. Das wird aber auch kein Mensch machen, denn es herrscht ein Höllenlärm und es riecht scharf und stechend. Hier arbeiten auch keine Menschen, nur fleißige Maschinen. Hier werden nämlich die zarten, durchsichti-

gen Glaskörper von innen mit einer hauchdünnen Schicht Silber belegt, so dass sie nun nicht mehr durchscheinend sind, sondern silbern glänzen.
Anschließend laufen die silbernen Kugeln durch Maschinen, die sie von außen mit Farbe lackieren. All diese roten, blauen, violetten und goldenen Kugeln wandern nun weiter auf ihren Fließbändern aus dem gefährlichen Raum hinaus, noch immer mit ihren Füßchen aufgesteckt auf den Haltepfosten.
Überall im nächsten Raum befördern Fließbänder diese bunten, aufrecht stehenden Kugeln unterhalb der Zimmerdecke quer durch den ganzen Raum und dann wieder abwärts zu verschiedenen Maschinen. Das sieht sehr lustig aus, als ob kleine Männchen mit großen Köpfen in Reih und Glied dahermarschierten. Nun werden den Kugelmännchen an einer anderen Maschine die Glasfüßchen abgetrennt. Das geschieht ganz vorsichtig und blitzschnell, sie werden weggeschmolzen. Und nun sind es keine Glasmännchen mehr, sondern fast schon richtige Christbaumkugeln. Aber jetzt können die Kugeln ja nicht mehr aufrecht stehen. Sie liegen auf Fließbändern, an denen viele Frauen sitzen. Die stecken auf die Öffnung, die nach dem Abtrennen des Füßchens übrig geblieben ist, ein goldenes Krönchen mit einem kleinen Ringlein drauf, an dem man die Kugeln befestigen und an den Christbaum hängen kann.
Jetzt sind aus den schlichten, einfach nur durchsichtigen Glasmännchen schöne farbige Christbaumkugeln geworden. Aber nur einfarbige. Es gibt jedoch auch Kugeln mit den schönsten Verzierungen, mit Bildern und Flitter und Glimmer. Diese Wunderkugeln entstehen in einem anderen Raum, zu dem man eine Treppe höher steigen muss.
Auch hier gleiten überall unter der Decke und in Tischhöhe auf langen Fließbändern die bunten, aufrecht stehenden Kugelmännchen, hier haben sie alle noch ihre Füßchen. Hier werden sie bedruckt, und das geht nicht, wenn sie so herumkugeln.

Wie durch Zauberei landen die einen Kugelmännchen bei einem Gerät, das von einem Computer gesteuert wird und das sie mit Sternen bedruckt, andere tauchen bei einem Computer auf, der sie mit wunderschönen winzigen Tannenbäumchen rund um den Bauch verziert oder mit kleinen Häusern im Wald, mit Girlanden.

Aber all diese Verzierungen wirken noch ein wenig matt, manche sieht man gar nicht richtig. Doch die Christbaumkugeln, die ja noch gar keine richtigen Christbaumkugeln sind, wandern flugs weiter zu einer Maschine, die nur die kleinen Verzierungen mit feinem Lack überzieht. Man kann sich gut vorstellen, wie genau diese Maschinen arbeiten müssen, damit nicht die ganze Kugel lackiert wird. Das wäre nämlich höchst fatal und keineswegs erwünscht.

Ein Mann nimmt nun die Kugeln und legt sie einzeln auf Paletten, die aussehen wie Eierpaletten. Darüber ist eine Wärmelampe, die den Lack trocknet. Ein bisschen erinnert das an die Sonnenbank in einem Solarium. Ein paar Sekunden später kommen die Kugeln mit den noch immer blassen Motiven in die Beglimmerungsmaschine.

Und dort geschieht die Verwandlung! Wenn sie da wieder herauskommen, glitzern die Häuser, die Sterne, die Girlanden, das Licht bricht sich in Hunderten von winzigen Glimmersplittern. Obwohl der überschüssige teure Glimmer abgesaugt und wieder in die Maschine zurückgeführt wird, glitzert alles im Umkreis. Man läuft über Millionen von glitzernden Glimmerfusselchen, bald glitzert es an den Händen, auf der Kleidung, im Gesicht.

Irgendwann unterwegs werden auch diesen glitzernden Kugelmännchen die Füßchen abgeschmolzen und die kostbaren Kugeln wandern weiter, werden sorgfältig kontrolliert, damit auch ja kein schadhaftes Stück hinausgeht. Und dann werden sie ebenso sorgfältig in Kartons mit einem Klarsichtfenster verpackt.

Die Lichter des großen, ausladenden Christbaums auf dem Christkindlmarkt spiegeln sich in den Kugeln und Glöckchen und in den mundgeblasenen Christbaumspitzen. Wer von den vielen Menschen, die dort bewundernd stehen und kaufen, weiß, wie viel Arbeit in diesen kleinen Kostbarkeiten steckt?
Wer weiß, dass Ingenieure spezielle Maschinen erfunden, Designer sich Muster ausgedacht haben, dass Marktforscher in der ganzen Welt herumreisen, um zu erfahren, welche Farben die Leute gern haben? Wer weiß, dass jahrein, jahraus Frauen und Männer an Fließbändern und Maschinen sitzen, über ihnen und um sie herum Tausende von Kugelmännchen ihrer Vollendung entgegenlaufen?
Wer weiß, dass täglich 180 000 Kugeln hergestellt und in alle Welt – von Australien bis Japan, von Island bis Kuwait und Hawaii – hinausgeschickt werden aus der Christbaumkugelfabrik in Rosenheim?
Wer weiß das schon von all den Menschen, die Becher in ihren Händen halten, aus denen Dampfwölkchen und würziger Glühweinduft emporsteigen?
Mit Sicherheit jemand, auf dessen Gesicht Glimmerfünkchen glitzern, in dessen Haar es hier und da golden oder silbern aufblitzt.

Das vergessene Geschenk

Direktor Dornemann war ein netter, freundlicher und humorvoller Mann. Seine vier Kinder liebten ihn und seine Frau natürlich auch. Er hatte nur einen Fehler, er war sehr vergesslich.

Aber das machte nichts. Fragte er zu Hause: »Welchen Tag haben wir heute?«, sagte seine Frau: »Donnerstag.« Und sie sagte es noch einmal, ja zweimal, wenn er es wieder vergessen hatte.

Und wenn er im Büro der Fabrik fragte: »Den Wievielten haben wir heute?«, sagte Frau Gutwein, seine Sekretärin: »Wir haben heute den Dritten, Herr Dornemann.«

Fuhr Herr Dornemann zu Besprechungen, musste ihn Frau Gutwein erinnern: »Den Hut, Herr Dornemann« oder »Den Schirm, Herr Dornemann.« Manchmal, wenn er zurück ins Büro kam, triumphierte er. »Gutwein!«, rief er, »sehen Sie her, ich habe den Schirm heute nicht irgendwo stehen lassen.« Und Frau Gutwein sagte dann: »Aber heute haben Sie ihn gar nicht mitgehabt.« Manchmal passierte das auch mit den Hüten. Nur sah es da lustiger aus, wenn der Hut zu klein oder zu groß war.

Weil Frau Gutwein eine gute Sekretärin war, vergaß er nie die

Geburtstage seiner Frau und seiner Kinder und auch nicht den Hochzeitstag.
»Seht«, sagte dann Frau Dornemann, »Papa ist zwar sehr vergesslich, aber uns vergisst er nie.«
Mitte Oktober erinnerte Frau Gutwein Direktor Dornemann immer daran, dass Weihnachten nahte.
»Tatsächlich?«, fragte er dann. »Mein Gott, wie die Zeit vergeht.« Und Direktor Dornemann begann einzukaufen. Spielzeug für die Kleineren, praktische Dinge für die Größeren. Für Julia, die Jüngste, kaufte er eine hölzerne Ente auf Rädern, die wackelte, wenn man sie an einer Schnur hinter sich herzog. Jonas, der schon ein bisschen größer war, sollte Schienen und Weichen samt einer Top-Zugsgarnitur zu seiner Eisenbahnanlage bekommen. Bernadette, die Brieffreundinnen in aller Welt hatte, eine Luxusschreibmappe mit extrafeinem Briefpapier, auf das ihr Name gedruckt war. Blieb nur noch Edwin, der Walkman-Fan, der seinen Walkman überall brauchte, auf dem Klo, in der Badewanne und besonders, wenn er seine Schulaufgaben machte.
Bis Anfang Dezember verwahrte Herr Dornemann seine Geschenke im Büroschrank bei Frau Gutwein. Dann brachte er sie nach und nach nach Hause. Die Ente versteckte er in seinem Zimmer, das etwas größere Paket für Jonas im Keller hinter der Heizung, die Luxusschreibmappe in seinem Wäscheschrank unter den Schlafanzügen und die CDs für Edwin in seinem Bücherschrank hinter ein paar Bildbänden über Afrika. Blieb nur noch das winzige Schächtelchen für seine Frau, in dem sich ein Ring auf schwarzem Samt befand. Um dieses Geschenk bis zur Bescherung zu verstecken, brauchte er am längsten. Zuerst sah er sich in der Küche um, weil er annahm, hier würde es seine Frau am wenigsten vermuten. Er versuchte es mit dem Karton Filtertüten, aber der war leider zu schmal. In die Kaffeedose hätte es gut gepasst, aber leider war nicht genug Kaffee in der Dose. Er versuchte es im Vorzimmer bei der Kleiderablage, im Schirmständer, aber

alles schien ihm nicht originell genug. Im Abstellraum hinter den Konservendosen war es ihm nicht sicher genug, auch nicht im Tiefkühlschrank. Im Medikamentenschränkchen im Bad war kein Platz. So setzte er sich hin und überlegte, bis er, wie es ihm schien, einen genialen Einfall hatte. Auf dieses Versteck würde seine Frau bestimmt nicht kommen und alle anderen auch nicht. Hier lag das wertvolle Geschenk sicher wie in einer Festung. Ein Glück, dass er sich die Zeit genommen hatte, einmal in Ruhe zu überlegen.

Am frühen Nachmittag des 24. Dezember begann Herr Dornemann alle versteckten Geschenke zusammenzutragen. Er legte sie in eine Ecke des Wohnzimmers, das die Kinder ab jetzt nicht mehr betreten durften. Da war die Ente für Julia, das Eisenbahnzubehör für Jonas, die Luxusschreibmappe für Bernadette, die heißen Scheiben für Edwin. Dornemann freute sich, dass er alles fand, wo er es versteckt hatte, und nichts, aber auch gar nichts vergessen hatte. Halt, das Geschenk für seine Frau war nicht dabei. Herr Dornemann erschrak. Ihm fiel nicht ein, wo er es versteckt hatte. Er suchte in der Küche, in der Diele, im Bad, er fand das verflixte kleine Schächtelchen nicht. Er warf sich vor seiner Bücherwand auf den Boden, fand hier aber nur eine Tüte mit Schokoladeostereiern, die zu Ostern niemand gefunden und die er vergessen hatte.

Direktor Dornemann ging hinauf ins Zimmer zu seinem Ältesten.

Edwin lag auf dem Bett und hatte die Stöpsel des Walkmans in den Ohren.

»Edwin«, begann Herr Dornemann, »weißt du vielleicht, wo ich das Geschenk für Mama versteckt habe?«

»Was?«, sagte Edwin. »Ich verstehe dich nicht, du sprichst so undeutlich.«

»Dann dreh deinen Walkman leiser.«

»Wer ist heiser?«

»Mach den Walkman aus und hör mir zu!«, schrie nun der Vater seinen Sohn an.

Edwin nahm die Stöpsel aus den Ohren und fragte: »Was ist los?«
»Ich find das Geschenk für Mama nicht. Ich hab vergessen, wo ich es versteckt hab.«
»Auweia«, sagte Edwin. »Hast du wirklich auch überall nachgesehen?«
»Ja. Ich weiß nicht mehr, wo ich noch suchen soll.«
»Hast du schon unter deine Matratze geschaut?«
»Da hab ich es bestimmt nicht hingegeben, es ist nur ein kleines Schächtelchen.«
»Au«, sagte Edwin. »Je kleiner das Schächtelchen, umso wertvoller das Geschenk. Verloren kannst du es nicht haben?«
»Bestimmt nicht. Ich weiß, ich hab es ins Haus gebracht. Ich hab extra lang darüber nachgedacht, wo ich es verstecken könnte.«
»Wie groß ist das Schächtelchen?«
»Ungefähr wie eine Streichholzschachtel, nur kürzer und höher.«
»Verlier nicht die Nerven, Väterchen«, sagte Edwin. »Ich werd mich auf den Weg machen und suchen.« Und als Erstes fragte er Mutter in der Küche: »Sag mal, hast du vielleicht Papas Weihnachtsgeschenk für dich irgendwo gefunden?«
»Nein«, sagte Frau Dornemann. »Sucht er es wieder einmal?«
»Das kannst du annehmen«, antwortete Edwin. Im Treppenhaus fand er seine große Schwester Bernadette, die inzwischen ebenfalls suchte. Im Keller gab's dann ein Treffen mit Jonas, der das Versteck beim Öltank vermutete.
Inzwischen hatte sich Herr Dornemann an seine Jüngste herangemacht. »Puschelchen«, begann er, »weißt du vielleicht, wo ich Mamas Geschenk versteckt habe?«
»Warte«, sagte Julia ernst. »Ich geh nachsehen.«
Als sie zurückkam, sagte sie: »Hab's leider nicht gefunden.«
»Wo hast du denn nachgesehen, Puschelchen?«
»Auf der Toilette.«
»Und wo da?«

»Hinter der Klomuschel.«
»Und warum ausgerechnet dort?«
»Weil ich da alles versteck.«
Als Frau Dornemann rief: »Kinder, umziehen zum Abendessen!« war das Haus in Aufruhr. Inzwischen waren alle Türen geöffnet und wieder geschlossen worden, ebenso war jede Schublade durchwühlt. Sogar die Teppiche waren hochgehoben worden, wenn man das nur irgendwie konnte. Leider erfolglos.
Bei Tisch merkte kaum einer, was es zu essen gab. Aber plötzlich sagte Bernadette: »Und wenn wir die Polizei bitten, eine Hausdurchsuchung zu machen?«
»Ich bitte dich, am Heiligen Abend!«, rief Herr Dornemann.
»Aber es heißt doch immer, die Polizei dein Freund und Helfer. Die Feuerwehr kommt ja auch, wenn der Christbaum brennt.«
»Ich bitte dich, verschrei es nicht«, flehte Frau Dornemann, die ohnehin zu Weihnachten immer Angst vor einem Zimmerbrand hatte.
»Ich hab die Lösung«, verkündete Edwin. »Ich geh zur nächsten Telefonzelle und rufe die Polizei mit verstellter Stimme an.«
»Und was willst du sagen?«, fragte der Vater, dem das köstliche Roastbeef nicht mehr schmeckte.
»Ich sage, im Haus Tannenweg fünf befindet sich eine große Menge Rauschgift. Dann sind sie gleich da, stellen die ganze Bude auf den Kopf und . . .«
»Du bist verrückt«, sagte Vater.
»Ich hab's ja nur gut gemeint«, murmelte Edwin.
»Lasst es«, sagte Mutter abschließend. »Irgendwann einmal wird sich das Geschenk schon finden. Vielleicht zu Ostern. Hauptsache, Papa hat an mich gedacht.«
Etwas später, bei der Bescherung, weinte sie aber doch, weil sie als Einzige von Papa kein Geschenk bekommen hatte.
»Weinst du?«, fragte Herr Dornemann.

»Nein«, sagte seine Frau, »das ist nur das Licht von den vielen Kerzen. Das macht mir die Augen nass.«

Alle vier Kinder freuten sich über die Geschenke, fanden aber trotzdem, dass es eine miese Bescherung war und dies nur wegen Vaters Vergesslichkeit.

»Na«, sagte Frau Dornemann zu Jonas, »willst du nicht die Eisenbahnanlage erweitern?«

»Ja«, sagte Jonas lustlos. »Ich will's versuchen.« Er bastelte eine ganze Weile herum, schaltete Lampen ein und stellte Weichen, und als er den Superschnellzug fahren lassen wollte und mit dem Transformator hantierte, gab's einen leichten Knall und das Zimmer wäre stockdunkel gewesen, hätten nicht die Christbaumkerzen gebrannt.

»Kannst du nicht damit umgehen?«, schimpfte der Vater.

Edwin aber zündete eine rote Kerze an und lief in den Keller zum Sicherungskasten und schaltete die ausgefallene Sicherung wieder ein. »Aahh«, hörte er sie oben rufen, als er den Sicherungsknopf gedrückt hatte. Also war es wieder hell im Haus.

Aber was lag da neben der Taschenlampe im Sicherungskasten? Ein kleines, wohl verpacktes Schächtelchen, kürzer als eine Streichholzschachtel, dafür etwas höher! Sofort rannte Edwin die Treppe hinauf und hielt das Schächtelchen triumphierend in der hoch erhobenen Hand. »Was hab ich hier?«, fragte er stolz. »Halleluja, das vergessene Geschenk ist da!«

»Jetzt fällt es mir auch ein, dass ich es im Sicherungskasten versteckt hatte«, sagte Herr Dornemann. »Ein Glück, dass Edwin den Kurzen gebaut hat.«

Als Frau Dornemann den Ring in dem Schächtelchen sah, weinte sie erst richtig. Herr Dornemann lächelte stolz, bis es ihm siedend heiß einfiel, dass er vergessen hatte, Frau Gutwein das ihr zugedachte Weihnachtsgeschenk, ein Kochbuch, zu überreichen.

Das Aquarium

Eigentlich hatte sich Stefan eine Taucherausrüstung gewünscht.

»Nun mag ja das Tauchen ein ganz hübscher Sport sein«, hatte Vater eingeräumt. »Er hat aber einen Nachteil, er ist nicht ganz ungefährlich. Warum willst du denn überhaupt tauchen?«

»Um Fische aus der Nähe zu sehen.«

»Fische!«, sagte der Vater wegwerfend. »Können es nicht andere Tiere sein?«

Nein, Stefan interessierte sich nur für Fische. Fische, wie er sie in Schwärmen an Korallenriffen gesehen hatte. Im Fernsehen, wo es überhaupt nicht gefährlich war. Alle hatten sie Namen, die wollte er wissen.

»Weißt du, was sich dein Sohn zu Weihnachten wünscht?«, fragte Vater die Mutter, als die Kinder endlich in den Betten lagen.

»Weiß ich«, sagte Mutter. »Er wünscht sich eine Taucherausrüstung. Er spinnt halt. Die ganze Zeit redet er davon.«

»Taucherausrüstung für die Badewanne«, sagte der Vater spöttisch. »Wenn es hochkommt, fürs Schwimmbad. Und dazu noch Korallenriffe – und in der Nähe haben wir nur einen Baggersee.

Wenn er dort mit einer Taucherausrüstung ankommt, halten ihn die Leute für verrückt. Was wünscht sich Theres?«
»Einen Regenschirm. So einen, der aufspringt, einen Knirps. Und rot muss er unbedingt sein. Die Knirpsin weiß schon, dass Grün unvorteilhaft für die Gesichtsfarbe ist.«
»Taucheranzug!«, sagte der Vater wieder. »Und bei Regen geht er vielleicht damit spazieren. Mit Schwimmflossen und Sauerstoffflasche. Vielleicht sogar in die Schule. Du weißt doch, wie das ist, wenn er sich etwas in den Kopf setzt.«
»Du sagst es. Also ist klar, eine Taucherausrüstung bekommt er nicht.«
»Ganz meine Meinung. Erstens ist er im Wachsen. Schon in ein paar Monaten kommt er nicht mehr in das Gummizeug hinein, und dann die Folgekosten. Wie viele Flugstunden ist von uns aus das nächste Korallenriff entfernt? Warum wünscht er sich nicht auch einen Regenschirm, der käme billiger.«
»Ich hab an etwas anderes gedacht«, sagte Mutter stolz, als hätte sie die Lösung der schwierigen Angelegenheit gefunden. Vater forschte in ihrem Gesicht, aber er konnte wie immer nicht herausfinden, was seine Frau dachte.
»Woran hast du gedacht?«
»Woran werde ich denken, wenn ihn Fische interessieren? An ein AQUARIUM natürlich!«
»Ein Aquarium«, sagte der Vater wenig begeistert und starrte die Zimmerdecke an, als ob er da ein Aquarium vermutete. Und dann sagte er: »Kostet aber auch eine Menge.«
»Aber bestimmt nicht so viel wie eine Taucherausrüstung mit Folgekosten. Und das Wasser kostet fast gar nichts.«
»Kommt drauf an, welche Fische er haben will und ob unser Leitungswasser reicht, weiß ich nicht.« Vater rechnete. Wenn das Aquarium 80 Zentimeter lang ist, 40 Zentimeter tief und 60 hoch, dann sind das schon 145 Liter Wasser.
»Und ein kleines?«
»Also, eine Glaskugel mit einem Goldfisch, das kommt nicht

in Frage. Da müssen Pflanzen drinnen sein und Steine, vielleicht eine Wurzel, eine Muschel noch. Und wo stellen wir das hin?«
Ja, das war die Frage. Eine größere Wohnung konnten sie sich deshalb nicht anschaffen.
Der Vater begann sich für Aquarien zu interessieren. Einer seiner Kollegen hatte eines, der lebte allein, und immer, wenn er gegen Abend heimkam, schwammen die Fische in Richtung Zimmertür und wedelten mit der Schwanzflosse.
»Es gibt nichts Schöneres«, sagte der Kollege. »Ich kann dir viele Tips geben und vielleicht sogar ein paar Fische.«
Von da an erkannte Stefan seinen Vater nicht mehr. Er las in Büchern, in die er, Stefan, nicht hineinsehen durfte. Immer öfter und immer länger flüsterte er mit Mutter. Später durfte er nicht mehr das Wohnzimmer betreten und zuletzt war es sogar abgesperrt. Und wozu brauchte Vater Plastikkanister voller Wasser im Wohnzimmer?
Am Abend, als die Kinder mit ziemlicher Sicherheit schliefen, sagte Vater zur Mutter: »Das Wasser ist das Wichtigste, wir dürfen nicht das erste Beste nehmen. Da kommt es auf vieles an, auch auf den Kalkgehalt und die Temperatur. Sauerstoff brauchen die Fische auch, da gibt es winzige Pumpen und Pflanzen aus dem Amazonas oder sonst woher. Ich verrate dir, billig wird das nicht.« Das sagte er, aber seine Frau merkte, dass er ganz begeistert war.
»Aber es macht sicher nicht nur Stefan Freude, sondern uns allen, bestimmt auch Theres«, meinte Mutter.
Zwei Tage später fragte Vater die Mutter: »Weißt du, dass manche Fische Maulbrüter sind und auch Lebendgebärende?«
»Woher weißt du denn das?«
»Aus den Büchern . . . Und vom Kollegen auch.«
»Fische, die lebendig auf die Welt kommen?«
»Ich wusste gar nicht, was man alles lernen kann, wenn man in ein Buch hineinschaut.«

Stefan verstand die Welt nicht mehr. So geheimnisvoll war es vor Weihnachten noch nie zugegangen. Und das nur wegen einer Taucherausrüstung. Er begann zu überlegen. Vielleicht war es doch besser, er wünschte sich etwas anderes. Ein Snowboard vielleicht oder Inlineskater. Seit Patrick die Inlineskater hatte, fuhr er nicht mehr mit dem Schulbus zur Schule und konnte fünf Minuten später aus dem Haus gehen. Rechnete man ungefähr 180 Schultage mal fünf Minuten, dann waren das auf das Schuljahr verteilt 900 Minuten oder 15 Stunden! Was konnte man in 15 Stunden alles tun! So viel, dass Stefan drei Tage vor dem Heiligen Abend kundtat: »Ich wünsche mir keinen Taucheranzug mehr, sondern Inlineskater.«

Vater zuckte zusammen. Mutter erbleichte.

»Das sagst du uns schon jetzt?«, fragte Vater scharf und warf einen Blick auf seine Armbanduhr.

»Na gut«, sagte Stefan beleidigt, »dann eben nicht.«

Und dann war die Bescherung und er sah nirgends einen Taucheranzug und auch keine Inlineskater, nur ein ziemlich großes Aquarium, und seine Schwester stolzierte mit einem aufgespannten roten Regenschirm im Zimmer herum, als ob es regnete.

»Gib Acht, dass du mit dem Schirm nicht zu nahe an die brennenden Kerzen kommst!«, rief die Mutter.

Und Vater legte seine Rechte auf Stefans Schulter und stellte sich mit ihm vors Aquarium und fragte: »Na, ist das eine Überraschung?«

Nach längerer Pause sagte Stefan: »Ich glaube, es ist nicht dicht. Da unten tropft es.«

Und das stimmte, der Teppichboden um den Aquariumtisch war schon nass wie eine Sumpfwiese. Mutter stürzte hinaus, holte Eimer und Putztuch. Theres stolzierte weiter mit ihrem roten Regenschirm umher und Vater rettete die Fische in ein großes Gurkenglas. Stefan löschte die heruntergebrannten Kerzen.

Am nächsten Tag kam der Kollege von Vater zu Besuch und klärte ihn über die Ursache der Überschwemmung auf. Die Bodenplatte des Aquariums war gesprungen.
»Das kommt manchmal vor«, erklärte er gelassen, »wenn die Platte, auf der das Aquarium steht, nicht ganz plan ist. Das Glas verzieht sich und das Gewicht des Wassers macht, dass das Glas springt.«
»Nie mehr ein Aquarium zu Weihnachten!«, schwor Vater.
»Schau«, sagte Theres zum Kollegen des Vaters, »mein Regenschirm ist rot.«

Das Weihnachtsehrenwort

Es war eine ganze Kette von Gründen, warum Roland jetzt oben am Zielhang stand. Er war auf dem flacheren Stück davor kurz abgeschwenkt und ließ seinen Blick von links nach rechts wandern, wie ein Schwenk mit der Kamera. Dass er hier war, hing natürlich in allererster Linie mit Vater zusammen. Und damit, dass Vater einen Freund hatte, aus der Schulzeit noch. So etwas gibt es. Und der Freund musste sich wegen eines Leistenbruchs operieren lassen. Eine dumme Sache, er hatte anderen helfen wollen, ihren Wagen aus dem Straßengraben zu hieven, da war es passiert: Leistenbruch. Also, der Freund, der jetzt im Krankenhaus lag, konnte im Weihnachtsurlaub nicht hierher kommen, um Ski zu fahren. Er besaß aber hier ein tolles Appartement. Eigentum. Und das sollte über Weihnachten nicht unbewohnt bleiben. So waren sie gestern hierher gefahren, zuerst durch den Regen, dann durch den immer dichter fallenden Schnee. Übrigens, der Freund hatte eine Tante, eine bedürfnislose alte Frau, von der hatte er eine größere Summe geerbt, und da er in einem eigenen Haus lebte und begeisterter Skifahrer war, hatte er sich hier dieses Eigentumsappartement zugelegt.

Es schneite noch immer und die Pistenraupen waren schon

am Morgen in der Dunkelheit unterwegs gewesen, um die Pisten auf Hochglanz zu bringen.
Das ging Roland alles durch den Kopf, als er da oben stand, auf die Talstation hinunterblickte und auf das verschneite Dorf dahinter mit den drei, vier großen Sporthotels. Ein wunderschönes Bild. Die verschneiten Dächer und das dunkelbraune Holz über den weißen Mauern, der Parkplatz, die bunten Autos mit Schneehauben, die Menschen, die zur Talstation kamen oder sie verließen. Blau, knallgelb und rot, manche von ihnen mit sehr teuren Skiern. Er kannte die Preise. Und überhaupt war der Ort da unten ein nobler Ort und nicht billig.
»Wir hätten uns hier einen Weihnachtsurlaub zu fünft nie leisten können«, hatte Vater gesagt, »hätte mir mein Freund Guido nicht dieses Angebot gemacht.«
Zu fünft, das hieß: Vater, Mutter, seine ältere Schwester Sabina und die jüngere Schwester Veronica. Die waren hier alle irgendwo. Vater und Mutter wahrscheinlich noch oben, Veronica im Skikindergarten und die verfrorene Sabina trank mit Sicherheit irgendwo etwas Heißes.
Sie hatten lange heizen müssen, bis sich auch die Mauern in dem Appartement erwärmten. Dann war es gemütlich geworden, denn vorher strahlten sie geradezu eisige Kälte aus.
»He, Roland«, rief da die Mutter. »Komm mit runter, es gibt eine heiße Suppe!«
»Komme gleich«, rief er zurück und sah zu, wie Mutter den Hang hinunterzischte, knapp hinter ihr der Vater. Den schmiss es unten hin, dass es staubte. Wahrscheinlich, weil er einem Kind ausweichen musste.
Eine Minute später war Roland bei den Eltern, die sich nach Sabina umsahen. Sie fanden sie schließlich im Espresso gegenüber der Talstation, wo sie eine Tasse Tee getrunken hatte. Veronica war froh, vom Skikindergarten abgeholt zu werden. Sie war müde. Die Skier geschultert, gingen sie auf ihr Appartementhaus zu, da entdeckte Mutter vor einem Blumenge-

schäft, zwischen Adventkränzen mit dicken Kerzen und diversen Gestecken einen winzigen Christbaum, der mit Gips in einen Blumentopf eingegossen war.

»Den sollten wir uns noch leisten können«, sagte sie. »Ein bisschen Weihnachten wollen wir ja doch feiern.«

Vater brummte sein Einverständnis und so ging sie in den Laden und erstand das Bäumchen, das Roland bis knapp über die Knie reichte.

Das Appartement bestand aus zwei Zimmern, einer winzigen Küche und einer, wie der Freund des Vaters sie genannt hatte, Nasszelle, Bad und WC. Mutter stellte einen Topf mit Wasser auf den Elektroherd und holte die Tiefkühlpackung Gemüsesuppe aus dem Frosterfach des Kühlschranks. Vater schaltete das Radio ein, Veronica erzählte vom Skikindergarten. Es war fast wie daheim.

»Da ist einer richtig blöd«, berichtete Veronica. »Bruno heißt er.«

»Und warum ist er blöd?«, fragte Roland.

»Weil er immer hinfällt.«

»Er wird eben ganz neu angefangen haben«, versuchte Mutter den unbekannten Bruno zu entschuldigen.

»Eben nicht! Und wo links und rechts ist, weiß er auch nicht.«

»Ich weiß, wo links und rechts ist«, rief Sabina. »Meine Hände sind kalt links und rechts und die Füße sind auch schon Eiszapfen links und rechts.«

»Psst«, machte der Vater, »jetzt kommen die Nachrichten.«

Es waren verschneite Nachrichten. Lawinenabgänge da und dort. Gefahr außerhalb präparierter Pisten. Schneekettenpflicht bei folgenden Pässen . . . Und auch weiterhin Schneefall.

»Fein, da kann ich heute noch einmal auf die Piste«, rief Roland.

»Muss das sein?«, fragte Mutter sofort. »Wir könnten ein bisschen durch den Ort bummeln und es uns dann hier richtig gemütlich machen. Wie daheim.«

»Eben«, warf Roland ein. »Wie daheim. Aber daheim kann ich nicht Ski fahren. Das kann ich nur hier. Und es kostet nicht mal was, weil wir den Skipass haben.«
Mutter startete einen neuen Versuch. »Aber die Geschäfte sind hier ganz anders als bei uns. Und die Dorfstraße mit dem Schnee, die ist richtig romantisch. Und außerdem ist Heiliger Abend.«
»Nur einmal!«, bettelte Roland. »Mit dem Lift hinauf und Abfahrt nach unten. Nur einmal. Ehrenwort.«
»Lass ihn doch, wenn er will«, leistete Sabina Schützenhilfe. »Wenn er wirklich nur einmal fährt, können wir dann noch immer durchs Dorf spazieren.«
»Also gut«, gab Mutter nach. »Aber wirklich nur einmal. Weihnachtsehrenwort.«
»Weihnachtsehrenwort«, versprach Roland und spürte, dass dies ein ganz besonderes Ehrenwort war.
Die Suppe war fertig, Mutter krönte sie noch mit etwas Butter. Und danach waren die Teller viel schneller leer als daheim. Der Vormittag hatte sie alle hungrig gemacht. Selbst Rolands Zähne zeigten nicht wie sonst Ermüdungserscheinungen. Denn Gemüsesuppe war nicht unbedingt seine Lieblingsspeise.
Kaum hatte er es diesmal geschafft, stürzte er in den Vorraum, fuhr in den Anorak, rannte in Hausschuhen in den Keller hinunter, schlüpfte in die Skischuhe, griff sich die Ski und die Stöcke und draußen war er aus dem Haus. Auf der Straße Gebimmel wie von Silberglöckchen, aber es war noch nicht das Christkind, sondern ein Schlitten, von zwei Haflingern gezogen. Auf der Rückbank ein älteres Paar mit Pelzmützen auf dem Kopf, wohl verpackt in Decken und mit Sonnenbrillen gegen die grelle Sonne geschützt.
Am Skilift standen nur noch wenige Leute an und auch von oben sausten weniger herunter als am Vormittag.
Neben Roland stand ein Mädchen, das auf seinen Skipass deutete und fragte: »Was ist denn das?«

»Das ist mein Skipass, da brauch ich keine Karte.«
»Mensch, da muss ich mir noch einen holen. Auweia, dann kann ich mich wieder hinten anstellen.«
»Musst du nicht. Ich halt dir den Platz.«
Das Mädchen kam schneller, als er erwartet hatte, zurück und bedankte sich, dass er ihr nicht nur den Platz, sondern auch ihre Skier gehalten hatte.
Er wehrte ab. »War besser so, da regt sich hinten niemand auf. Hast du eine Halbtagskarte genommen?«
»Die haben sie mir von selbst gegeben und auch gesagt, dass sie in einer Stunde den Liftbetrieb einstellen. Weil es ja früh dunkel wird.«
»Da kannst du ja gut noch zweimal fahren«, sagte er.
»Du nicht?«
»Ich fahr nur einmal. Ich hab's versprochen.«
»Und wenn du ganz schnell fährst?«
»Versprochen ist versprochen.«
»Echt stark!«, lobte ihn das Mädchen. »Übrigens, ich bin Cornelia.«
»Und ich Roland.«
Sie standen da, mit leicht gebeugten Knien und hüpften auf die Sitze des Lifts.
Er versuchte, das Gespräch nicht abreißen zu lassen.
»Bist du allein hier?«
»Nein, mit den Herrschaften Eltern.«
»Fahren die auch Ski?«
»Die? Nein! Das mögen sie nicht. Zu viel Risiko. Meine Herrschaften machen gerade eine Schlittenfahrt. Klingeling. Das mögen sie.«
»Haben sie Pelzmützen auf?«
»Ja, wie früher die russischen Bonzen.«
»Dann hab ich sie gesehen. Ein Schlitten mit Haflingern.«
»Genau. Dann weißt du ja, was ich meine.«
»Hast du keine Geschwister?«
»Nee, ich bin ein verzogenes Einzelkind.«

Als er von seinen zwei Schwestern berichtete, waren sie oben angelangt und rutschten von den Sitzen.
»In welchem Hotel wohnst du?«, fragte sie, als sie sich bückte, um die Bindungen einschnappen zu lassen.
»Wir wohnen in einem Appartement.«
»Super, hast wohl einen reichen Vater.«
»Nein, Vater hat nur einen reichen Freund und der konnte diesmal nicht herfahren.« Er dachte an den Leistenbruch und an den Wagen im Graben und an jene sparsame Tante, aber er sprach nicht davon. Wäre zu lange gewesen, entschied er.
»Wir wohnen im Alpenstern«, sagte sie. »Stinkfeine Hütte. Im Lederhosenstil. Vielleicht schaust du mal rein. Tschüss!«
Er konnte nichts mehr sagen, denn sie stieß die Stöcke in den festen Schnee und ging sofort in die Hocke, als gehöre sie zu den zehn besten Abfahrerinnen der Welt.
Er ging's gemächlich an, einen Schwung links, einen rechts, um nicht zu schnell in Fahrt zu kommen. Und zu denken, dies war nun Weihnachten, wie er es noch nie erlebt hatte, wie es aber Millionen jedes Jahr in den Alpen erlebten. Da rollten eine Menge Rubel. Tat dieser Betrieb den Bergen gut? Und wie schnell er an Höhe verlor, obwohl er jeden Schwung auskostete! Im Dorf unten begann schon Dämmerung zwischen den Häusern aufzusteigen. Wie auch aus den Tälern ringsum. Da sollte noch einer sagen, dass der Schnee nicht riecht! Er stoppte am rechten Rand der Piste und wollte warten, bis unten die Lichter angingen. Dann würde er in einem einzigen Schuss nach unten sausen und abschwingen, dass es nur so staubte.
Da hörte er hinter sich ein leichtes Singen, das sich zu einem Zischen verstärkte. Zwei Skier auf dem Schnee der Piste und Schuss. Dann brauste einer so knapp an ihm vorüber, dass er ihn fast umgeworfen hätte. Ein paar Atemzüge nur und der Raser war unten, verschwand zwischen den Leuten, die heimwärts strebten.
Jetzt spürte Roland ein leichtes Brennen am linken Bein,

winkte aber noch Cornelia, die mit dem Lift wieder hinauffuhr, allein diesmal, und hinter ihr waren auch einige Sessel leer. Dann spürte er es warm und nass in seinem linken Schuh. Als er den Grund erkunden wollte, sah er zunächst seine scharf durchschnittene Hose und dann das Blut. Der Wilde von vorhin war ihm mit seiner Stahlkante zu nahe gekommen und bei genauem Hinsehen entdeckte er eine tiefe Fleischwunde. War das das Schienbein, das er sah? War's überhaupt der Knochen? Es begann auf seiner Stirn und von den Schultern hinab in die Arme zu brennen. Ihm wurde übel und er fühlte seinen linken Fuß nicht mehr. Er begann zu zittern und konnte es nicht abstellen. »Hilfe!«, schrie er. »Hilfe!«
Zu seinem Glück bemerkte ein junger Bursch, dass mit ihm etwas nicht stimmte, und kam zu ihm heran.
»Mensch!«, rief er und dann: »Leg dich hin. Ich schlag Alarm.« Er sauste zur Talstation.
Andere standen inzwischen um ihn herum, fragten sich, wie das passiert sei, lösten ihm die Bindungen an den Schuhen, steckten Skier und Stöcke in den Schnee und erzählten neu Hinzugekommenen das, was sie auch nicht genau wussten. Ein Mann zog seinen Anorak aus, damit Rolands Kopf nicht im Schnee liegen musste. Rufe wie: »Hat jemand Verbandszeug dabei? Er verblutet ja sonst. Schnell, schnell, wer kann helfen?«
Roland dachte an den Freund des Vaters, der mit dem Leistenbruch im Krankenhaus lag, an das Auto im Graben, an die Erbschaft von der Tante. Wer weiß, wie lange sich die Kette fortsetzen ließ, wüsste man mehr über alle Gründe, warum er jetzt hier lag.
Einer rief: »Die Pistenraupe kommt!« Aber das war schon weit entfernt. »Das Blut! Mensch, was blutet der nur?«
Sein letzter Gedanke war, jetzt habe ich ihnen das Weihnachtsfest verpatzt, warum bin ich auch noch einmal losgezogen? Warum macht man eigentlich, was man macht? Warum . . .?

Als Roland aufwachte, war alles um ihn herum noch immer weiß. Er griff um sich und spürte Leinen, er lag nicht mehr im Schnee, sondern in einem Bett. Seltsam, und draußen irgendwo sang ein Chor:

Es wird scho' glei dumpa,
Es wird scho' glei Nacht . . .

»Na?«, sagte eine Krankenschwester. »Sind wir's wieder?« Sie spritzte mit einer Einwegspritze glasklare Flüssigkeit in eine Plastikflasche, die über seinem Bett hing. Erst jetzt bemerkte er den dünnen Schlauch, der zu seinem Arm führte.
»Wer singt denn da?«, fragte er, als sei das das Wichtigste.
»Der Volksliedkreis, das macht er immer zu Weihnachten.«
»Die singen schön«, fand er.
»Und wer ist schuld an dem Unfall, die Gendarmerie hat schon nachgefragt.«
Wer war schuld? Er konnte es nicht sagen, ein Raser, violetter Overall, gelbe Mütze und die Geschichte vom Freund des Vaters, der Leuten geholfen hatte, ihr Auto aus dem Straßengraben zu hieven, das alles war so weit weg, in einer ganz anderen Zeit, und dann erst die sparsame Tante des Freunds und die Erbschaft . . . Alles hing zusammen, wenn man es genau bedachte.
»Meine Eltern?«, fragte er.
»Sind verständigt«, sagte die Schwester. »Ein Mädchen hat gewusst, wo sie sind.«
»So, so«, sagte er und versuchte ein Lächeln. Wie hatte das Mädchen noch geheißen? Aber in seinem Gesicht bewegte sich nichts, die Haut seiner Wangen war steif.
»Werden sie kommen?«
»Sicher, aber du liegst im Bezirkskrankenhaus. Die haben dich gut dreißig Kilometer hergefahren. Mit Blaulicht. Deine Eltern werden wohl länger brauchen.«
»Aber ich bin nur einmal rauf und runter«, sagte er stolz.

»Versprochen ist versprochen.« Und was man verspricht, muss man halten, wollte er noch sagen, aber er war zu müde dazu.
Besonders, wenn man sein Ehrenwort gegeben hatte, dachte er noch. Sein Weihnachtsehrenwort.

Als Onkel Steven nur die halben Geschenke sah

Mit Onkeln und Tanten ist es oft schwierig. Hati hatte es noch ein wenig schwieriger als andere Kinder. Ihre Onkel und Tanten wohnten in verschiedenen Ländern. Das ging ja noch. Dass sie aber verschiedene Sprachen sprachen, erschwerte die Unterhaltung mit ihnen beträchtlich. Da Hati Französisch, Bayerisch und Deutsch schon fast perfekt konnte, sollte sie die kommenden Weihnachten bei Onkel Steven und Tante Jessie in Albury in Südengland verbringen, um im Englischen Fortschritte zu machen. Außerdem würde ein kleiner Vetter, Ralphie, eingeladen sein, damit es ihr bei Onkel und Tante nicht zu langweilig wurde. Die beiden hatten keine Kinder, worüber sie sehr traurig waren.

Onkel Steven arbeitete bei einer Bank, deshalb hatte er immer Geld und auch Zeit zum Angeln.

Tante Jessie lebte mit dem elektrischen Licht und dem helllichten Tag auf Kriegsfuß. Sie mochte es gern dunkel, vor allem in der Küche, und so schmeckte auch ihr Essen.

»Dunkelheit«, sagte sie, »schont die Augen.«

Manchmal verwechselte sie im Dunkeln Zucker mit Salz und Mehl mit Scheuerpulver, denn sie bewahrte beides in derselben Schublade auf. Und einmal hatte sie in der Dunkelheit den Taxifahrer mit ihrem Mann verwechselt und den umarmt

und geküsst. Der hatte aber nur die Koffer von Onkel Steven vom Taxi ins Haus getragen und war über die Küsse von Tante Jessie sehr verwundert.
Auch Hati wurde von Tante Jessie an sich gerissen, als Mister Littlemouse sie von der Station brachte. Sie küsste die Kleine so lange, dass diese Angst bekam zu ersticken. Hati hieß eigentlich Henrietta, aber wenn man sie als kleines Kind gefragt hatte, wie sie heiße, hatte sie einfach »Hati« gesagt. So war ihr dieser Name geblieben. Das war auch die Zeit, als alle ihre Worte mit H begannen. Ihr Papa war der Hapa und ihre Mama war die Hama, Weihnachten war Heihnachten und eine Puppe eine Huppe. Eine Huppe war allerdings auch die Suppe, deshalb gab's bei diesem Wort manchmal Schwierigkeiten. Aber Hati mochte Suppe sowieso nicht.
Jetzt aber, da Tante Jessie sie nicht mehr küsste, wischte sich Hati Wangen und Mund mit dem Handrücken trocken, machte einen Knicks und sagte: »Ich soll liebe Grüße von meinen Eltern bestellen.« Sie versuchte, das auf Englisch zu sagen, was Tante Jessie fast zu Tränen rührte; ihr kleiner englischer Vetter Ralphie jedoch grinste blöd. Ralphie hatte Shorts an und so konnte man trotz der Dunkelheit in Tante Jessies Haus im Lichtschimmer von der Tür her seine etwas fetten, nackten Knie sehen, deren Grundfarbe Schweinchenrosa war. Darüber hinaus waren sie grau bis kohlschwarz. Außerdem hatte Ralphie eine nicht eben frisch geputzte Nase, deren Löcher neugierig nach oben wiesen. Sein Gesicht hatte dieselbe Farbe wie seine Knie und war auch nicht sauber.
Da beschloss Hati, ihren Vetter Ralphie aus diesem Grund und vor allem, weil er über ihr Englisch gelacht hatte, nicht zu mögen. Mit ihrer Mama hatte sie manchmal »Lady« gespielt. Sie selbst war dann immer die Lady gewesen. Man musste dabei nichts anderes tun als die Augenbrauen hochziehen und die Nase rümpfen. Hati tat beides und fragte, ob sie sich die Finger waschen dürfe. Mama hatte ihr eingebleut, wenn man in England Finger waschen sagte, wollte man sich wirklich die

Hände waschen. Wenn man aber nach einer Gelegenheit zum Händewaschen fragte, wollte man eigentlich Pipi machen.
Als es im Haus ganz dunkel war, tauchte Onkel Steven auf. Sehen konnte man ihn nicht, nur seine Schuhe knarrten etwas.
»Ach«, rief Onkel Steven, der die Finsternis gewohnt war, »da ist ja die Kleine, wenn ich das Ganze richtig sehe. Oh und blond bist du auch!« Er bückte sich, riss Hati hoch und bestätigte ihr, dass sie nicht nach Sauerkraut rieche.
Ihr Vetter Ralphie lachte darüber so dreckig, wie seine Knie waren.
Beim Dinner erlaubte Tante Jessie, dass zwei Kerzen angezündet wurden. Da entdeckte Hati, dass Onkel Steven wie ein Pirat aussah. Sie kannte sich aus mit Piraten. Sie hatte schon viele im Fernsehen gesehen. Auch Onkel Steven trug eine schwarze Binde über seinem linken Auge.
»Bist du am Ende gar über meine Binde erschrocken, kleine Lady?«
»Ein bisschen«, gab Hati zu.
»Siehst du, Steven, ich hab dich gleich gebeten, nicht mit einer schwarzen Augenbinde herumzulaufen«, rief Tante Jessie. »Das erschreckt die Kinder. Eine gelbe oder grüne Augenbinde wäre viel freundlicher und hübscher.«
»Ach was, für die paar Tage!«, entgegnete Onkel Steven. Und Hati und Ralphie erfuhren von ihm, dass er die Binde nur bis über Neujahr brauche, dann wäre der Schnitt von der Operation verheilt.
»Über Weihnachten musst du mit dieser Binde herumlaufen?«, rief Tante Jessie entsetzt. »O Gott, das ist schlimm.«
»Was ist daran so schlimm?«, fragte Onkel Steven. Ralphie wusste, warum es schlimm war. Und er sagte es Hati oben im Flur.
Er begann so: »Na«, sagte er, »was willst du Onkel Steven schenken?«
»Ich hab an eine hübsche Teetasse gedacht«, sagte Hati, »weil

Onkel Steven gerne Tee trinkt und Tante Jessie die Tassen im Dunkeln oft neben den Tisch stellt.«
»Verdammt«, sagte Ralphie.
Hati begriff nicht, warum Ralphie fluchte. »Warum verdammt?«
»Ich wollte ihm auch eine Teetasse schenken.«
»Das macht doch nichts. Über zwei Tassen freut sich Onkel Steven bestimmt mehr als über eine.«
»Aber wo er doch nur eine sehen kann!«
»Wieso?«
»Mein Gott, bist du dumm!«, rief Ralphie. »Mit einem Auge kann er doch nur eine Tasse sehen!«
Das leuchtete Hati irgendwie ein. Vor allem, weil Ralphie es auf Englisch sagte.
»Gut«, sagte sie, »dann kaufen wir ihm noch etwas anderes.«
Sie dachten lange nach, bis sie auf die Idee kamen, dass Würmer wohl das waren, was Onkel Steven außer der Teetasse am meisten freuen würde. Wo er doch so gerne angelte! Und außerdem konnten Würmer nicht so arg teuer sein.
Die einzige Frage war, wie verpackte man Würmer als Weihnachtsgeschenk? In eine Schachtel konnte man sie nicht tun. Und nur so in Geschenkpapier einschlagen, das ging auch nicht.
»Ich hab's!«, rief Ralphie. »Wir tun die Würmer in die Teetasse.«
»Dann kriechen sie aus der Tasse. Und es sieht nur wie ein Geschenk aus. Es sollen aber zwei Geschenke sein. Und vielleicht trinkt Onkel Steven nie Tee aus der Tasse, weil Würmer drin waren«, gab Hati zu bedenken.
»Irgendwie müssen die Würmer irgendwo hinein«, grübelte Ralphie.
»Aber wo hinein? Das ist die Frage.«
Schließlich hatten sie gleichzeitig die Idee. Die Würmer mussten in ein Marmeladenglas.

»Ich weiß, wo Tante Jessie Marmeladengläser hat«, sagte Ralphie.
»Leere Gläser?«
»Nein, volle. Aber das macht nichts, wenn wir die Marmelade essen, ist das Glas auch leer.« Ralphie verschwand und kam bald zurück.
Es wurde schwieriger, als sie dachten. Erstens war das Glas ziemlich groß und zweitens brauchten sie ungeheuer viel Kraft, bis endlich der Deckel auf war. Und dann wollte Ralphie nichts von der Marmelade essen, weil es Brombeermarmelade war. Brombeermarmelade war die einzige Marmelade, die er nicht mochte. Also musste sich Hati opfern. Sie brauchte fast eine Stunde, bis sie das Glas leer gelöffelt hatte. Danach hatte sie für ihr Leben genug von Brombeermarmelade. Außerdem war ihr schlecht.
Am Weihnachtsmorgen rührte Hati nichts vom Frühstück an, obwohl Tante Jessie sagte, ihr Porridge sei der beste im ganzen Königreich.
»Ich hab Magenschmerzen«, entschuldigte sich Hati. Und das stimmte beinahe. Die Brombeermarmelade machte ihr immer noch zu schaffen. Das gab ihr Grund genug, wieder auf Ralphie böse zu sein, der den Porridge nur so in sich hineinschaufelte.
»Magenschmerzen?«, fragte Onkel Steven. »Das kommt sicher von der weiten Reise. Heute Abend beim Festschmaus ist unsere kleine Lady sicher wieder okay.«
»Frische Luft wird das Beste sein«, meinte Hati und damit konnte sie wenig später mit Ralphie abdampfen. Die Teetasse war in Albury schnell erstanden. Mit den Würmern war es schon schwieriger. Der Lebensmittelladen hatte keine und die Apotheke auch nicht. Erst in der Zoohandlung wurden sie fündig. Der gute Mann hatte allerdings mehrere Wurmsorten auf Lager. Mehlwürmer, Tubifex als Futter für Aquarienfische, Würmer für Komposthaufen, alle von einer bekannten Wurmfarm.

»Hübsche, gesunde Tiere, jedes einzelne«, pries der Zoohändler seine Ware an.
»Welche Würmer kauft Mr. Walker von der Bank bei Ihnen?«, fragte Hati.
»Mr. Walker von der Bank? Der kauft meine Sonderklasse-Regenwürmer. Jeder einzelne rund und fett. Den Fischen läuft das Wasser im Mund zusammen, wenn sie solch einen Wurm an der Angel sehen.«
Als sie das Glas hervorholten, zuckte der Zoohändler zurück und fragte, ob es nicht ein bisschen zu groß sei.
»Für Onkel Steven nicht«, sagte Hati.
Der Zoohändler füllte das Glas drei viertel voll an und machte ihnen noch ein paar Luftlöcher in den Blechdeckel, damit die Würmer Luft bekämen. Glücklich eilten die beiden mit ihren Geschenken zu Onkel Stevens Haus zurück, wo es nach einem Großbrand roch. Aber es war nichts Ernstes, Tante Jessie waren nur Plätzchen verkohlt, weil sie vergessen hatte, das Backblech rechtzeitig aus dem Rohr zu holen.
In der allgemeinen Aufregung konnten die beiden ihre Geschenke verstecken. Die Teetasse hinter dem Fenstervorhang und das Glas mit den Würmern im Kühlschrank.
Am Nachmittag durften Hati und Ralphie den Baum schmücken, denn Onkel Steven und Tante Jessie wollten ein deutsches Weihnachtsfest machen, damit das kleine Mädchen kein Heimweh bekäme. Die beiden Kinder steckten und hängten alles auf die rechte Seite des Baumes, weil Onkel Steven die linke Seite ohnehin nicht sehen konnte. Als sie fertig waren, mussten sie sich zum Dinner umziehen, und dann saßen sie im dunklen Wohnzimmer und schnupperten zur Küche hin. Diesmal roch es nicht nach Großbrand. Es gab eine Kaninchenterrine, und Hati konnte nichts essen, weil ihr Magen noch immer nicht in Ordnung war. Ralphie hingegen schob in sich hinein, was er konnte, fragte, was das Dunkle in der Terrine sei, weil es so wunderbar schmeckte.
»Das sind eingelegte Pilze«, sagte Tante Jessie. »Du kannst

noch haben. Ich hatte vergessen, dass ich noch fast ein volles Glas im Kühlschrank hatte.
Hati war wütend auf Ralphie, weil er so viel essen konnte und sie nichts. Um sich die Zeit zu vertreiben, hielt sie sich das linke Auge zu und da stellte sie fest, dass sie mit dem rechten Auge nicht nur zwei, sondern alle vier Teller auf dem Tisch sehen konnte. Umgekehrt klappte es auch. Da ärgerte sie sich über Ralphie noch mehr, weil sie auf seine Dummheit hereingefallen war.
Als die Christbaumkerzen ihr Licht spendeten, wunderte sich Onkel Steven, dass der Baum so einseitig geschmückt war.
»Ralphie meinte, dass du wegen der Augenbinde die linke Seite nicht sehen könntest«, erklärte Hati und fühlte sich dadurch etwas wohler. »Und hier, die Teetasse ist mein Geschenk für dich, und den Topflappen habe ich selbst gehäkelt, für Tante Jessie.«
»Ich habe auch ein Geschenk«, rief Ralphie und sauste in die Küche. Es dauerte eine Weile, bis er zurückkam; ratlos, verwirrt und ohne Geschenk. »Ich finde es nicht«, sagte er bloß.
Da keimte in Hati ein furchtbarer Verdacht auf. Nämlich der, dass Tante Jessie die Würmer für Pilze gehalten und in der Terrine verbraten hatte!
Sie konnte das Ralphie aber erst sagen, nachdem der kleine Zimmerbrand gelöscht war. Der Baum hatte sich langsam nach rechts geneigt und war mit den brennenden Kerzen umgefallen. Dummerweise fing der Vorhang Feuer, aber es entstand kein großer Schaden. Als die Gefahr vorüber war, sagte Hati zu Ralphie: »Ich weiß, wo die Würmer sind. Sie waren sicher in der Terrine. Tante Jessie hat sie in der Dunkelheit für eingelegte Pilze gehalten.«
Da wurde Ralphie leichenblass und stürzte aus dem Zimmer. Lange blieb er auf der Toilette. Die nächsten Tage aß er nur noch Zwieback. Sogar den Weihnachtsputer rührte er nicht an und den Plumpudding schon gar nicht, obwohl Hati immer wieder das gute Essen lobte.

Er kaute auch dann noch Zwieback, als Hati das Glas mit den Würmern im Glashaus von Onkel Steven längst entdeckt hatte. Sie sagte es Ralphie aber nicht, weil sie ihm nicht verzeihen konnte, dass sie ihm geglaubt hatte. Diese dumme Geschichte, dass Onkel Steven wegen der Augenbinde nicht zwei, sondern nur eine Teetasse und nur die halben Weihnachtsgeschenke sehen könne.

Der geplünderte Christbaum

Ich weiß nicht, ob auch andere einen so verfressenen Bruder haben wie ich. Jedenfalls kaut Markus immer etwas, wenn man ihn sieht. Aber keine Kaugummis, die mag er nicht. Wenn er etwas kaut, dann sind's Rosinen, Nüsse, Mandeln, ein Stück Kuchen oder sonst etwas, was Mama vor ihm versteckt hat. Und wenn Mama wieder einmal aufschreit, weil das Zitronat oder die Schokostreusel verschwunden sind, macht er das dümmste Gesicht und sagt: »Ich wusste gar nicht, dass das im Haus war. Die anderen werden es gefunden und gegessen haben.«

Die anderen, das sind meine zwei kleineren Zwillingsschwestern Anna und Maria und ich, Martina. Und wir suchen nie im Küchenschrank herum und fressen einfach Sachen weg. Zumindest haben wir noch nie etwas gefunden, das wir gern selber genascht hätten. Denn bevor wir zu suchen beginnen, hat unser Bruder schon alles entdeckt und verschluckt.

Es ist nicht angenehm, einen solchen Bruder in der Familie zu haben, vor allem, wenn er nicht nur alles wegisst, sondern auch noch ununterbrochen frech lügt.

»Nein«, sagt er, »ich hab mich nicht über die gedörrten Pflaumen hergemacht, das waren sicher die drei anderen.«

Wir drei anderen riefen im Chor: »Nein, wir waren es nicht!«

»Und lügen tun sie auch noch«, sagte unser Bruder.
Das ging so dahin, bis wieder einmal Weihnachten war. Unser Baum wird nicht nur mit Kerzen und Lametta geschmückt, sondern es hängen noch jede Menge Leckereien dran. Zuckergelee-Ringe, Windbäckerei, Backwerk, in Seidenpapier eingewickelte Schokobonbons, mit buntem Silberpapier noch verschönt. Der Baum, und es ist wirklich ein großer Baum, trägt schwer an dieser Last. Uns läuft immer das Wasser im Mund zusammen, wenn wir dann bei der Bescherung Stille Nacht, Heilige Nacht singen.
Natürlich gibt es noch viele Glaskugeln auf dem Baum, goldene Nüsse, Vögelchen aus Glas mit eigentümlichen Borstenschwänzen. Mit einem Wort, es ist mit Sicherheit der schönste Christbaum im weiten Umkreis. Und dass er so reich behangen ist, verdanken wir unserem Vater. Der will das so. Er schmückt auch immer allein den Baum vor der Bescherung.
»Als Kind«, erzählte er, »hatten wir immer nur einen kleinen ärmlichen Christbaum daheim, niemand wusste, woher er eigentlich kam. Eines Tages war er einfach da und lehnte an der Mauer neben der Haustür. Kleine, verwachsene Fichten, nichts anderes.
Vater hatte viele Geschwister und es war immer so, dass jedes Jahr mindestens eines über Weihnachten krank war. Einmal musste er in die Apotheke in den nächsten Ort gehen. Es schneite und stürmte. Der Apothekerladen war schon geschlossen, da läutete der Vater an der Haustür des Apothekers. Und als er im Hausflur wartete, bis der Apotheker die Medizin brachte, sah er für eine kurze Zeit, so lange eine Tür braucht, um geöffnet und wieder geschlossen zu werden, den wunderschön geschmückten Christbaum des Apothekers. Groß und schwer behangen und vom Fußboden bis zur Zimmerdecke reichend.
Seit damals hatte Vater den Wunsch, auch solch einen Christbaum zu haben. Und diesen Wunsch konnte er sich erst erfüllen, als er bei der neuen Fabrik Prokurist geworden war.

Ein Christbaum vom Fußboden bis zur Zimmerdecke und schwer und reich geschmückt. Wir konnten uns keinen anderen vorstellen als den, den wir hatten. Nur, er war nur am ersten Tag so schön, wie ich es erzählt habe. Am Morgen des Christtages sah er schon ein wenig anders aus. Da ich mir die guten Dinge, die ich selber gern gemocht hätte, die Nougatwürfel zum Beispiel, gut eingeprägt hatte, merkte ich, dass genau fünf davon fehlten. Dazu kamen noch vier Bonbons und bestimmt eine Menge mit Schokolade überzogene Bäckereien.
»Da hat schon wieder jemand den Christbaum bestohlen«, sagte ich zu Mutter in der Küche. Sie ging mit mir zum Christbaum ins Wohnzimmer und meinte: »Er sieht doch aber noch recht hübsch aus, ich glaube, da täuschst du dich, mein Schatz.« Weil ich nicht zugeben wollte, dass ich die besonderen Leckereien gezählt hatte, war ich nur wütend, weil Mutter mir nicht zustimmte. Dann kam auch noch Vater ins Zimmer, schaute seinen Christbaum an und fragte uns: »Na, was sagt ihr zu dem Christbaum? Ich denke, einen so üppig behängten hatten wir noch nie.«
Am nächsten Morgen hätte eigentlich jeder, der Augen im Kopf hatte, sehen müssen, dass wieder eine Menge vom Baum heruntergeholt worden war. Ich sagte nichts, sonst hätte Mama sicher gesagt, ich sei neidig. Am dritten Tag merkte sogar Vater etwas. Er sagte: »Täusche ich mich oder sieht der Baum schon etwas schütterer aus? Na ja, er ist ja nicht für alle Ewigkeit geschmückt.« Das mit dem Schütterwerden ging so weiter, bis es eines Nachts zur Katastrophe kam.
Wir schliefen alle tief und fest, da gab's ein lautes Poltern und Krachen. Und gleich darauf heulte Markus auf.
Ich war die erste im Wohnzimmer und knipste sofort das Licht an. Und was sah ich? Markus lag jammernd auf dem Boden, ein umgefallener Stuhl über ihm und über beiden der große Christbaum. Jetzt kamen auch die Zwillinge, Mama und als Letzter Papa.
»Was ist denn geschehen?«, fragte er und bat Anna, seine

Brille vom Nachttisch zu holen, weil er sonst nichts sehen könne. Natürlich sah Papa alles, denn so kurzsichtig, wie er tat, war er nicht. Er gab nur vor, Markus unter dem Baum nicht zu bemerken.
»Ach«, sagte er, als er die Brille aufgesetzt hatte, »fast alle Glaskugeln hat es erwischt, nichts als Scherben. Nein, dass der Baum umgefallen ist, obwohl wir so einen stabilen Ständer haben! Und ein Stuhl ist auch umgefallen. Hat's am Ende ein Erdbeben gegeben?«
»Nein«, sagte ich, »Markus plündert schon die ganzen Tage den Baum, und weil unten schon alles weg ist, musste er sich den Stuhl holen, um oben besser hinlangen zu können. Da hat er wahrscheinlich das Gleichgewicht verloren, sich am Baum festhalten wollen und den Baum umgerissen. Darum liegt er jetzt unterm Baum.«
»Markus!«, sagte meine Mutter nur und legte all ihre Enttäuschung und Entrüstung in das eine Wort.
Vater war am traurigsten. »Gerade dieses Jahr«, rief er, hatten wir den schönsten Baum. Und die Glasvögelchen, die so schwer zu bekommen sind, sind auch kaputt.«
Markus weinte. Nicht, weil er sich weh getan hatte, sondern weil er sich schämte. Denn diesmal konnte er nicht sagen: »Ich war's gar nicht, die anderen sind's gewesen.«
»Wir können ja nächstes Jahr Kartoffel an den Baum hängen«, schlug Mutter vor, »ungewaschene, mit viel Erde drauf.« Sie richtete zusammen mit dem Vater den Baum wieder auf.
Als auch Markus stand, heulte er noch immer. Ob er sich dabei einen Christbaum mit Kartoffeln vorstellte, weiß ich nicht.
»Ich werd das nächste Jahr bestimmt nichts vom Baum holen«, versprach er. Und so kam es, dass wir alle gespannt auf nächste Weihnachten warteten, um zu sehen, ob Markus sein Wort halten würde.
Ich kann's ja hier verraten. Er hielt es. Und wir bekamen alle gleich viel, besonders von den Nougatwürfeln.

Tiroler Krippengeschichten

Matthias konnte sich nicht mehr genau erinnern, wann ihn sein Großvater zum ersten Mal in seinem klapprigen Lieferwagen mitgenommen hatte. Eines war sicher, die Weihnachtsfeiertage waren vorüber gewesen, denn auf seinem Teller gab's nur noch ein kleines Stück Braten, als letzten Gruß gewissermaßen. Eigentlich fing bei ihm zu Hause die Fastenzeit ziemlich bald nach der Weihnachtszeit an.

»Komm«, hatte der Großvater damals gesagt, »fahr mit. Wirst sehen, es wird schön.«

Matthias fuhr gern im Lieferwagen mit, weil es darin angenehm nach Holz roch. Denn der Großvater war Tischler. Was Matthias an diesem ersten Tag alles sah, geriet ihm in der Erinnerung ein bisschen durcheinander. Er wusste auch nicht mehr, in wie vielen Orten sie gewesen waren, ob in Thaur, Absam oder Rum. Er erinnerte sich nur daran, dass sie in einigen Häusern waren, um »Krippele zu schauen«. Überall waren sie freundlich aufgenommen worden. Überall war es in den Stuben warm und schon leicht dämmrig gewesen und überall gab es Krippen, viel größere als bei ihm daheim. Da waren ganze Schafherden auf einem Hang, Himmel mit Wolken und in der Mitte eine von einem Hügel überdachte Höhle mit dem Christkind, der Muttergottes, dem heiligen Josef und

vielen, vielen Menschen und Engeln. Die Hirten trafen die Engel damals auf Schritt und Tritt und unterhielten sich mit ihnen.
Matthias hörte gut auf das, was die Erwachsenen sprachen, und vergaß viel. Und manchmal war eine Großmutter da und sagte: »Der Hirt gehört fünf Zentimeter weiter nach links und der Engel drei Zentimeter.« Matthias begriff nur, dass alles seinen Platz haben musste und dass der Großvater bei den meisten Leuten ein kleines »Schnapserl« angeboten und dazu Geschichten zu hören bekam. »Da schau her«, sagte einer, »für die zwei Figuren, den Hirten und den Engel, haben meine Eltern mit einer ganzen Fuhr Salat bezahlt, die sie im Wipptal verkauft haben.« Das merkte sich Matthias und er dachte, dass die Wipptaler große Salatesser sein müssen.
Im nächsten Jahr nahm er sich vor, den Großvater zu fragen, warum sie nicht auch so eine schöne Krippe hatten. Ließ es aber sein, als er bei den anderen hörte, wie lang sie ihre Krippen schon im Haus hatten. Hundert Jahre spielten fast keine Rolle dabei.
»Ja«, sagte einer, »man sieht, der Schnitzer hat noch kein Kamel gesehen, er hat es sich nur so vorgestellt.« Und bei einer anderen Krippe hörte er von einem anderen Großvater, der sie nach Lichtmess wieder ordentlich verpackt und dabei gesagt hatte: »Ich weiß, die Krippen pack ich net wieder aus.« Und dann hat er die Kisten in den Keller gebracht und zwei Stunden später war er tot.
Daheim entdeckte Matthias auf der Ladefläche des Lieferwagens ein kleines, glattes Holzklötzchen, das zu schade war, um es in den Ofen zu schieben. Ja, wenn er das Holzstück genau betrachtete, steckte ein Schaf drin. Er musste nur das Holz, das zu viel war, wegschnitzen.
Im nächsten Jahr war es Matthias, der den Großvater fragte: »Wann gehn wir heuer Krippele schaun?«
»Nach Heilig Drei König'«, sagte der Großvater, »da ist schon überall der Stern über den Krippen und die Heiligen Drei

Könige sind auch da mit ihren Geschenken, und die Vorläufer, die sie angekündigt haben, ruhen sich aus und reden mit den Leuten.«

Und dann saßen sie in dem immer noch klapprigen Auto und fuhren Richtung Hall. Kurz hinter Hall ging's den Berg hinauf, durch einige Dörfer an der Dörferstraße, dann hinein nach Rum. Am Kirchplatz stellte der Großvater den Wagen ab. Es war bitterkalt, als Matthias aus dem warmen Auto stieg. Der eisige Wind biss in seine Wangen, Matthias zog sich die Wollmütze tief in die Stirn und stopfte die Hände in die Taschen seines Anoraks.

»Als Erstes gehen wir in die Kirch'«, sagte der Großvater. Matthias stapfte durch den knirschenden Schnee hinter ihm drein.

In der Kirche war es dämmrig. Der Großvater nahm Matthias bei der Hand und führte ihn fast bis vor den Altar. Und da stand vor dem Kommuniongitter auf der rechten Seite die Krippe aufgebaut! Matthias' Augen hatten sich mittlerweile an das Dämmerlicht gewöhnt. Vor einem Jahr hätte er sich auf die Zehenspitzen stellen müssen, um alles sehen zu können. Jetzt war er groß genug. Der Mund blieb ihm offen vor Staunen. Da war auf einer Länge von vielleicht drei Metern eine ganze Landschaft aufgebaut. Vor einem gemalten Hintergrund mit Bergen und Wolken stand rechts eine alte Stadt mit Toren und Türmen. Viele Menschen kamen den steilen Weg herunter, Männer in prächtigen Kleidern führten schön aufgeputzte Pferde am Zügel. Und erst in der Mitte der Landschaft! Da war eine Höhle und in der Höhle die Heilige Familie. Davor knieten die Heiligen Drei Könige. Die waren erst kostbar angezogen!

Matthias sah zum Großvater auf, der noch kein Wort gesagt hatte.

»Na, was sagst jetzt?«, fragte der Großvater. »Ist das eine Pracht?«

»So viel zum Schaun!«, flüsterte Matthias. »So eine riesige

Krippe. Und so viele Leut', viel mehr als in unserer Krippe.«
»Ja, und die Figuren hat alle ein einziger Mann geschnitzt. Sind alle aus Holz, die Leut' und die Tiere und die Kleider und alles.«
»Da hat er bestimmt ein Jahr dazu gebraucht!«, meinte Matthias ehrfürchtig. Ein Jahr war für ihn eine lange Zeit.
»In einem Jahr schafft einer das nie!«, sagte der Großvater. »Da braucht einer viele Jahr' dazu. Und der Mann, der alle diese Figuren geschnitzt hat, der hat vor mehr als hundert Jahren gelebt. So alt ist die Krippe schon. Giner hat er geheißen, Johann Nepomuk Giner. Das war ein ganz Berühmter! Leider hat er zu viel getrunken und da ist er dann ganz arm geworden und ist verkommen.«
»Was heißt verkommen?«
»Das heißt, wenn er zu gar nix mehr taugt und alles, was er einmal können hat, nimmer kann, kein Geld mehr verdient und nur noch sauft.«
»Aha. – Schau, dort hinten sind Engel! Und Hirten auch und so viele Schaf'!« Matthias deutete nach links, wo die Landschaft sanft anstieg und man nicht erkennen konnte, was gemalter Hintergrund und was echter Berg war.
»Du weißt ja, wie der Engel den Hirten auf dem Feld verkündet hat«, erklärte der Großvater, »dass in einem Stall ein kleines Kind geboren worden ist. Und das ist . . .«
». . . der Heiland gewesen«, vollendete Matthias den Satz. »Aber wer ist der da, der da in dem Loch im Berg sitzt?«
»Ja, das ist ein Einsiedler, einer, der ganz allein in einer Höhle im Berg wohnt. Den hat's wirklich gegeben. Zimmerling hat er geheißen und der hat alles gemalt, was du da hinten auf dem Bild siehst. Und was glaubst du, wie der mit dem Vornamen geheißen hat?« Der Großvater lächelte viel sagend.
»Vielleicht Matthias?«, versuchte Matthias zu raten.
»Richtig, Matthias! Der hat oberhalb von Thaur gehaust. Und einmal hat er eine Reise ins Heilige Land gemacht, zu Fuß. Und als er wieder daheim war, hat er das Bild dort hinten

gemalt. Da sieht's genauso aus wie im Heiligen Land. Das ist auch schon über hundert Jahr' her.«
»Großvater, schau, da hinten ist ein Mann, der schielt!«, rief Matthias, der dauernd etwas Neues entdeckte.
Der Großvater lachte. »Ja, da hast Recht, der schielt ganz fürchterlich. Die Figuren haben alle Glasaugen und das ist furchtbar schwierig, die so in die kleinen Köpf' hineinzusetzen, dass sie nicht schielen. Bei dem ist's halt nicht ganz geglückt. Wenn du übrigens genau hinschaust, kannst sehen, dass die Köpf' von der Heiligen Familie und von den Engeln aus Wachs sind, die von den Hirten und den anderen Menschen aber aus Holz.«
»Warum?«
»Weil der Künstler damit sagen wollt', dass die Heiligen was Besonderes sind.«
Nach einer halben Stunde ließ Matthias' Begeisterung nach. Schließlich musste er manchmal auf den Zehenspitzen stehen, um alles genau sehen zu können. Und gerade warm war's in der Kirche auch nicht.
»Jetzt gehn wir wieder«, sagte der Großvater.
Auf der Heimfahrt war Matthias ganz still. Er wird eingeschlafen sein, dachte der Großvater. Aber da irrte er sich. Matthias überlegte. Der Mann, der vor mehr als hundert Jahren alle Figuren geschnitzt hatte, hat bestimmt schon als kleiner Bub damit angefangen. Sonst wär' er ja nie damit fertig geworden, wo er doch nachher so viel getrunken hat und verkommen ist. Matthias wusste zwar noch immer nicht recht, was »verkommen« bedeutete, aber etwas Gutes konnte es nicht sein. Und er dachte an den Mann, der sicher schon als Bub geschnitzt hatte, damit er die vielen Figuren fertig brachte. Da war's besser, er fing auch gleich damit an, man konnte ja nie wissen ...
Daheim suchte er die Katze. Im Haus war sie nicht zu finden, also lief Matthias in die Werkstatt. Dort lagen eine Menge Holzklötzchen auf dem Boden. Alles Schafe oder sonst was,

dachte er. Er musste nur das Holz, das zu viel war, wegschnitzen. Oben in seinem Zimmer hatte er ein scharfes Taschenmesser liegen. Er lief hinauf und begann seine Arbeit. Er spürte keinen Hungen und hörte nicht, dass er gerufen wurde. So stieg die Mutter in den ersten Stock hinauf und ging in sein Zimmer. Dort hockte Matthias auf dem Fußboden, die Zunge zwischen die Lippen geklemmt, und schnipselte mit seinem Taschenmesser an einem Holzstückchen herum.

»Ja, Matthias, was machst denn da?«, rief die Mutter besorgt, als sie das Messer in der Hand ihres Jungen entdeckte. »Pass auf, dass du dich nicht schneidest. Und komm jetzt essen!«

Matthias blickte kurz auf, dann hielt er das Holzstückchen hoch. »Schau, was ich gemacht hab«, forderte er die Mutter auf. »Was ist das? Kannst es erkennen?«

Die Mutter warf einen flüchtigen Blick darauf. »Sieht fast aus wie unsere Katz'«, sagte sie überrascht.

»Echt?«, fragte Matthias strahlend. »Die hab ich geschnitzt! Ganz allein. Wie der Mann, der die Krippenfiguren gemacht hat.«

Von da an klaubte er alle Hölzer zusammen, die er finden konnte, und immer wieder fanden die Mutter oder der Vater ihn irgendwo mit vorgeschobener Zunge sitzen und an Holzstückchen herumschnitzen. Und so kam es, dass am nächsten Weihnachtsfest in der Krippe unter dem Weihnachtsbaum eine ganze Schar neuer Schafe stand, manche etwas unförmig und in verschiedenen Größen, aber schließlich war Matthias erst neun Jahre alt, und ein Meister ist noch nie vom Himmel gefallen.

»Wie ist's, Matthias, gehn wir wieder Krippele schaun?«, fragte der Großvater am Tag nach Heilig Drei König.

Und Matthias nickte.

»Jetzt wirst eine ganz besondere Krippe sehn«, verkündete der Großvater, als sie in Rum ausgestiegen waren.

Sie standen vor einem Haus am Ortsrand und auf ihr Klingeln öffnete ein jüngerer Mann die Tür.

»Bitt' gar schön«, sagte der Großvater, »dürf' ma Krippele schaun?«

»Aber ja, kommts nur rein.« Der Mann führte sie in einen riesengroßen hellen Wintergarten. In eine Wand war eine Nische eingebaut, die völlig von einer Krippenlandschaft ausgefüllt wurde.

»Ui, ist die aber groß«, staunte Matthias. »Die ist ja noch größer als die in der Kirch'. Die haben alle echte Kleider an! Und so viel Gold und Edelsteine! Und schau, Großvater, da oben über dem Stall stehen Soldaten.«

»Das sind Engel, Bub«, erklärte der Großvater. »Die sind so prächtig angezogen, weil sie vom Himmel kommen. Schau dir nur alles genau an. So eine wertvolle Krippe gibt's nimmer. Die ist schon viel mehr als hundert Jahr' alt.«

»Willst vielleicht ein Schnapserl?«, fragte eine junge Frau, die mittlerweile in den Wintergarten gekommen war, den Großvater. »Setz dich her, der Matthias hat genug zum Schauen.«

Der Großvater und die beiden jungen Leute setzten sich an einen Tisch in der Nähe der Krippe. Matthias hörte ihr Gespräch wie Hintergrundmusik.

»Ich kann mich noch gut daran erinnern, wie die Krippe in der Marienkapelle gestanden ist«, begann der Großvater. »Aber hier bei euch ist sie besser aufgehoben. Eine Schand', wie manche Leut' mit so was Wertvollem umgehen. Sogar Schneebälle sollen s' draufgeschmissen haben. Die Lexn-Tres, die Bötin, wär' auch froh über den neuen Standort. Wenn man sich vorstellt, dass sich so ein armes Weib alles vom Mund abgespart hat, damit s' die Figuren z'sammbringt! Stimmt das, dass sie mit Schlangen und Frösch' bei den Apothekern gehandelt hat, die die Viecher für ihre Experiment gebraucht haben?«

»Ja, das stimmt. Und Botschaften ausgerichtet hat s' auch, landauf, landab. Und dann hat sie eine Figur nach der anderen gekauft. Und die Kapelle hat s' auch bauen lassen. Und dann auch noch den Turm.«

»Muss eine Menge Schlangen und Frösch' gesammelt haben. Heutzutag' kriegst dafür keine solchen Krippenfiguren mehr, nicht einmal ein Schaf.«
»Und dann steigt s' auf die Leiter beim Kirschenpflücken, fällt runter und ist tot. Und der die Figuren gemacht hat, ist in seiner Einsiedlerzelle im Zillertal verbrannt. Hätt' für die zwei auch besser ausgehen können.«
»Na, Matthias, was sagst? Ist die schön? Und die Figuren sind alle von den Fräulein im Haller Damenstift angezogen worden. Lauter Seiden- und Brokatstoffe und Goldstickerei. Eine richtige Barockkrippe.«
Matthias nickte nur. Plötzlich fuhr er erschrocken zurück. Er war mit dem Gesicht ein wenig zu nahe an die Begrenzung herangekommen und hatte mit seinem Atem eine Wolke von grünem Staub hochgewirbelt. Schuldbewusst sah er sich zu den Erwachsenen um.
»Macht nichts, Matthias. Da war halt ein kleiner Sandsturm. Das, was da hochgewirbelt ist, ist ganz feines Sägemehl, das nennt man Pudel. Es wird grün gefärbt, in Töpfen auf dem Ofen getrocknet und dann so aufgestreut, dass man die kleinen Bretterln nicht sieht, auf denen die Figuren stehen. Das würd' ja komisch ausschaun, wenn die alle auf Untersetzern stehen täten. Aber ohne die würden s' umfallen.«
»Da würde unsere Großmutter aber schimpfen!«, sagte die junge Frau lachend. »Es reicht schon, wenn sie jedes Jahr nachschauen kommt, ob auch alle Figuren am richtigen Platz stehen.«
»Die Oma weiß genau, wie alles sein muss«, meldete sich eine Mädchenstimme. Matthias fuhr herum und sah ein Mädchen, das ein wenig jünger war als er, unter der Tür stehen. »Und wenn dann die Heilige Familie in Nazareth und der Jesus schon größer ist, dann weiß bloß ich, wie man den Tisch im Jesushaus decken muss. Wie heißt du?«
»Matthias«, sagte Matthias. »Und du?«
»Birgit.«

»Wieso ist die Heilige Familie dann in Nazareth? Die sind doch da im Stall.«
»Nein! Später müssen sie doch vor dem bösen König fliehen, der Jesus töten will. Ich weiß nicht mehr, wie der heißt, aber da sind dann ganz andere Figuren da und die Könige sind schon wieder fort in ihr Morgenland, das ist ganz weit weg. Und da wohnt die Heilige Familie in einem kleinen Haus, wo der Josef Zimmermann ist und Bretter sägt, und der Jesus ist schon größer und hilft ihm. Weißt du eigentlich gar nix?«
»Ich weiß sogar, dass der böse König Herodes heißt. Das weißt nicht einmal du.«
»Weiß ich doch. Und ich weiß, wie man den Tisch decken muss, der in dem Haus steht. Ich hab einen Plan, auf dem steht alles ganz genau drauf, wie's sein muss, damit die Oma nicht schimpft.«
»Hm«, machte Matthias. Er hatte inzwischen begriffen, dass die Krippe hier nach einer gewissen Zeit wieder abgebaut und eine neue Szene aufgebaut wurde. Wie beim Theaterspielen, dachte er.
»So, Matthias«, sagte der Großvater. »Jetzt müssen wir wieder. Hast alles gesehen? Die Birgit hat dir ja auch genau erklärt, wie's weitergeht. Vielleicht kommen wir einmal wieder und schauen nach, ob sie den Tisch richtig gedeckt hat.«
Das kleine Mädchen machte ein finsteres Gesicht und sah zu seiner Mutter auf. »Sag ihm, dass ich den Tisch immer richtig deck«, forderte sie.
»Aber ja, die Oma hat noch nie was auszusetzen gehabt«, bestätigte die Mutter lachend.
»Also pfiat di«, sagte Matthias. »Und merk dir den Herodes bis zum nächsten Mal.«
In den folgenden zwei Jahren drängte Matthias jedes Mal in der Woche nach Weihnachten den Großvater, mit ihm nach Rum oder Thaur zu fahren, um Krippen anzuschauen. Jedes Mal entdeckte er etwas Neues. So kamen sie zwei Tage vor Heilig Drei König zur Barockkrippe in Rum. Der Stern stand

nicht wie gewohnt über dem Stall, sondern auf halber Strecke zwischen Stadt und Stall. Auch knieten die Könige nicht vor der Krippe, sie waren noch nicht zu sehen. Stattdessen kamen den steilen Weg von der Stadt einige kostbar angezogene Männer mit langen Stäben in den Händen herunter. Auf Matthias' verwunderte Frage erklärte Birgits Vater: »Das sind die Herolde, Kundschafter, die gehen vor den Königen her und suchen das Kind. Und der Stern, der wandert vor ihnen her. Der kann ja noch gar nicht über dem Stall stehen. Gestern war er noch weiter rechts, direkt über der Stadt. Übermorgen erreicht er dann den Stall und bleibt darüber stehen. Dann erscheinen auch die Könige hoch zu Ross und ein wenig später steigen sie ab und knien vor der Krippe. Die Knechte halten die Pferde am Zügel und die Herolde können sich ausruhen. Sie stehen dann hier vorn.«

Im nächsten Jahr konnte der Großvater Matthias nicht begleiten. Er war krank und musste das Bett hüten. Matthias hatte seit seinem ersten Besuch in der Rumer Kirche viele Stunden damit zugebracht, seine Schnitzkunst zu verbessern. Ständig trug er sein Messer mit sich herum und suchte nach geeigneten Holzstückchen. Die Lehrerin hatte sich sogar schon beim Vater darüber beschwert und verlangt, dass Matthias »diese gefährliche Waffe« zu Haus ließ. Seitdem sorgte Matthias dafür, dass die Lehrerin das Messer nicht mehr zu sehen bekam. Aber seine Schafe sahen längst wie Schafe aus, ja, er hatte sich sogar schon an den Esel gewagt und auch den Ochsen hatte er respektabel hingekriegt. Und ausgerechnet jetzt drohte die alljährliche Krippenfahrt ins Wasser zu fallen! Gerade als er sich damit abgefunden hatte, verkündete der Vater, dass bei jemandem in Rum etwas am Elektroherd nicht in Ordnung sei. Er müsse unbedingt hin, und wenn Matthias Lust habe, könne er mitkommen. Ob die Leute allerdings eine Krippe hätten, wisse er nicht.

Natürlich wollte Matthias mit. Schließlich war er jetzt beinahe zwölf Jahre alt und konnte notfalls auch allein zur Barockkrip-

pe oder in die Kirche gehen, zum Einsiedler und dem schielenden Hirten.
Die junge Frau, die ihnen die Tür öffnete, sagte: »Bin ich froh, dass du kommst, Romed! Um die Feiertag' herum einen Elektriker zu bekommen, ist fast wie ein Wunder. Am Herd klappt nix und der Claudio ist erkältet. Kommts rein.« Sie führte Matthias und seinen Vater in die Stube, die recht klein war.
»Ihr habts doch eine Krippe!«, rief Matthias und steuerte auf den Aufbau los, der fast die Hälfte der rechten Stubenseite einnahm.
»Ja, das is' eine Speckbacher-Krippe«, erklärte die junge Frau stolz. »Der hat alle Figuren geschnitzt. Übrigens hat er auch Romed geheißen.«
»Schön hat der schnitzen können«, sagte Matthias. »Wenn die Leut' auch keine Stoffkleider anhaben, sehen die doch ganz echt aus. So sollt' man schnitzen können! Das ist ganz schön schwer.« Er wusste, wovon er redete, und dachte insgeheim an seine kleinen Schafe, an den Esel und den Ochsen.
»Der hat ja auch in Hall auf einer Bildhauerschule studiert«, sagte die Frau.
»Drum«, meinte Matthias. »Kann man übrigens mit dem Schnitzen reich werden?«
»O mei, Bub, damals ganz sicher nicht. Da hat's einen gegeben, ›Mundi‹ haben sie ihn genannt. Der hat im Stollen des Salzbergwerkes in Hall gearbeitet, in den freien Stunden hat er geschnitzt, dann war er noch Kleinbauer und mit zweiundfünfzig Jahr' ist er an Überarbeitung gestorben. Aber reich ist er nicht geworden.«
Matthias runzelte die Stirn. »Irgendwas ist anders hier als bei den Krippen, die ich schon gesehen hab.«
»Vielleicht sind's mehr Schaf' als bei den anderen«, meinte die Frau. »Ich hab sie einmal gezählt. Einhundertachtundsiebzig Schaf' pack ich jedes Jahr aus und wieder ein.«
»Nein, nicht die Schaf'!«, rief Matthias. »Da sind zum ersten

Mal Frauen dabei. Da, am Brunnen sitzen ein paar und tratschen beim Wasserholen. Und dort, bei dem alten Kaufmann geht auch eine vorbei. Und bei den Hirten auf dem Berg sind auch ein paar. Komisch, warum sind bei den anderen Krippen keine Frauen?«

Der Vater zuckte mit den Schultern. »Vielleicht hast du sie bloß nicht gesehen«, meinte er.

»Nein, er hat schon Recht«, sagte die Frau. »Die Krippe da ist noch nicht ganz so alt, knapp hundert Jahr' erst. Da hat man schon kapiert, dass Frauen auch wichtig sind. Früher war die einzige wichtige Frau die Heilige Maria.«

»Mei, da is' was . . . ein Krokodil!«, rief Matthias.

»Das ist kein Krokodil, das ist ein Eidachsel«, sagte die junge Frau lachend. »Als Kind war das immer meine liebste Figur. Weil s' so schön grün glitzert und so treuherzig schaut.«

Hm, dachte Matthias, für eine Eidechse ist es ein bisserl zu groß geraten. Unauffällig steckte er die rechte Hand in die Hosentasche.

»So, Barbara, jetzt zeig mir einmal deinen Herd«, sagte der Vater, stand vom Tisch auf und nahm den letzten Schluck aus seinem Glas. »Gut war er, dein Saft. Vergelt's Gott.« Dann verließ er mit der Frau die Stube.

»Einhundertachtundsiebzig Schaf' sind das?«, fragte Matthias den etwas jüngeren und erkälteten Claudio, der mit ihm in der Stube geblieben war.

»Genau, ich hab s' selber 'zählt.«

»Aha«, sagte Matthias. Dann schaute er zum Fenster. »Du, schneit's leicht wieder?«

Claudio ging zum Fenster, schob den Vorhang zur Seite. »Nix«, sagte er. »Keine einzige Flocke.«

»Störung behoben«, meldete der Vater kurz darauf. »Der Stecker war's. Komm, Matthias, wir müssen weiter.« Sehr bereitwillig folgte ihm Matthias hinaus zum neuen Lieferwagen.

Als man in diesem Jahr im Haus Klotz die Figuren der Weih-

nachtskrippe zusammenpackte, die Könige und die Vorläufer, die Heilige Familie, die Frauen am Brunnen und den alten Krämer, die Hirten und die vielen Schafe, da schüttelte Claudio, der diesmal die Schafe verstaute, den Kopf. »Jetzt habe ich sie schon zweimal gezählt«, murmelte er. »Ich krieg immer wieder dieselbe Zahl raus. Einhundertneunundsiebzig Schaf' sind's und nicht einhundertachtundsiebzig.«
»Wirst dich halt verzählt haben«, meinte die Mutter.
»Bestimmt nicht«, protestierte Claudio. »Schließlich hab ich im Rechnen eine Eins.«
Claudio hatte sich wirklich nicht verzählt. Von diesem Jahr an standen am Heiligen Abend um die Krippe einhundertneunundsiebzig Schafe herum. Eines graste in der Nähe der Eidechse und war genau wie die ein bisschen zu groß geraten.

Rauschgoldengel

Wenn im November die ersten nasskalten Tage kamen, die Bäume immer weniger Laub trugen, die Nebel am Abend zwischen die Häuser krochen und es morgens nicht hell werden wollte, unternahmen mein Vater und ich immer wieder Spaziergänge in den Wald. Der Wald begann gleich hinter dem kleinen Haus, das wir in meiner Kinderzeit bewohnten. Und damals gab es zumindest in unserem Dorf noch keinen Christbaumverkauf an irgendeinem zentralen Platz. Damals gab es auch keine ebenmäßigen Nordmanntannen, die von weither geholt wurden. Damals dachte auch kein Mensch daran, sich zu Weihnachten einen Plastikchristbaum ins Wohnzimmer zu stellen. Wir machten uns also auf in den Wald, um Ausschau nach »unserem« Christbaum zu halten. Beim Förster konnte man erfahren, wo Bäume zu finden waren, die abgesägt werden durften. Ach ja, damals redete man auch noch nicht vom Waldsterben und vom Ozonloch. Damals gab es im Wald noch jede Menge gesunder Bäumchen,

die geschlagen werden mussten, damit andere, ebenfalls gesunde, wachsen und groß werden konnten.
Nach mehreren Waldspaziergängen hatten wir schließlich unser Bäumchen ausfindig gemacht und etwa eine Woche vor dem Heiligen Abend nahm mein Vater seinen Rucksack, verstaute darin eine Säge und eine dicke Schnur und für jeden von uns ein Paar alter Handschuhe. Noch etwas, damals lag um Weihnachten herum immer eine Menge Schnee. Und durch diesen Schnee stapften wir zu unserem Bäumchen. Zuerst in der Spur von Bauernschlitten und -karren auf dem Forstweg, dann quer durchs Unterholz. Der Baum, den wir ausgesucht hatten, war etwas größer als ich, etwa eineinhalb Meter hoch. Das Absägen mit dem Fuchsschwanz ging recht schnell, der Stamm war ja nicht besonders dick. Ich musste den Baum festhalten, mein Vater sägte, und weil er dabei so geschüttelt wurde, warf der Baum seine ganze Schneelast auf unsere Schultern und hinten in den Mantelkragen. Dann banden wir ihn mit der dicken Schnur zusammen, damit man ihn besser tragen konnte. Die unteren Zweige wurden abgesägt, die bekam ich zu tragen. Wir brauchten sie, um sie unter dem Baum auf dem Boden im Wohnzimmer auszubreiten. Dann stapften wir durch den Wald wieder nach Hause. Wenn uns unterwegs der Oberförster begegnete, grüßte ich ihn besonders freundlich, denn wir hatten von den Nachbarbäumen auch einige Zweige mitgenommen. Und das hätten wir eigentlich nicht tun dürfen.
Durchfroren und mit nassen Füßen kamen wir zu Hause an. Dort gab's heißen Kakao und »Fettbrote«. Dicke Brotscheiben mit einer nicht ganz so dicken Schicht Schweineschmalz drauf und ein wenig Salz drüber. Der selbst gesägte Baum und die »Fettbrote« gehörten zu den Tagen vor Weihnachten wie heutzutage das Gedudel von Weihnachtsliedern in den Kaufhäusern.
Aber unsere Vorweihnachtszeit war schöner. Und am Heiligen Abend, wenn die Kerzen an unserem Bäumchen brannten,

sangen wir unsere Weihnachtslieder noch selbst. Zugegeben, nicht besonders künstlerisch. Denn mein Vater war so ziemlich der unmusikalischste Mensch, den ich außer mir kenne. Dafür spielte meine Mutter auf dem Klavier und sang dazu. Im Gegensatz zu uns beiden konnte sie singen. Mein Vater traf mit großer Sicherheit den falschen Ton und ich piepste zwischen richtig und falsch und konnte mich nie entscheiden. Aber das tat dem feierlichen Abend keinen Abbruch.

Schon Wochen vorher hatte ich aus der »Schulspeisung« jeweils Kekse, Bonbons, kleine Dosen mit Plumpudding und Traubenzuckerwürfelchen gehortet. Ergänzt wurden diese köstlichen Sachen noch durch Walnüsse, die ich mit meinem Vater während des Herbstes nach stürmischen Nächten in aller Herrgottsfrühe unter dem Baum des Nachbarbauern aufgeklaubt hatte. Meiner Mutter war bei diesen frühmorgendlichen Aktionen nie ganz wohl gewesen. Mein Vater und ich hatten damit weniger Probleme.

Vielleicht sollte ich erwähnen, dass Krieg war. Er kam nicht bis in unser Dorf, aber das änderte nichts an der Tatsache, zumal wir manchmal nachts den Feuerschein der brennenden Großstadt am Himmel sahen. Nun ja, am Heiligen Abend jedenfalls blieb all das draußen und drinnen lagen die erwähnten Köstlichkeiten unter dem Christbaum.

Dieser Christbaum war auch deshalb etwas Besonderes, weil an seiner Vorderseite ein großer, bunter Rauschgoldengel prangte. Meine Eltern hatten einige Freunde, alle Maler wie sie, die ebensolche Rauschgoldengel besaßen. Manche größere, manche kleinere. Diese Engel stammten noch aus der Studienzeit der Freunde und unser Engel war schon ein bisschen zerrupft. Aber das merkte man nicht, wenn seine goldenen Flügel und sein rotes Gewand im Schein der Kerzen glänzten.

Am zweiten Weihnachtsfeiertag waren wir dann bei einem dieser Malerfreunde eingeladen, der ein großes Haus in einem anderen Ort hatte. Er hatte nicht nur ein großes Haus in einem

größeren Ort, er glaubte auch, er sei ein besonders großer und bedeutender Maler. Und deshalb glaubten das manche andere Leute auch.
Wir fuhren mit dem Zug, einem kleinen Zug mit Dampflokomotive und nur drei Waggons, einige Stationen, dann gingen wir eine halbe Stunde zu Fuß.
Die Eingangstür zu dem großen Haus war mit Tannengirlanden und roten Äpfeln geschmückt. Im Flur brannten Kerzen auf wertvollen Leuchtern. Es waren außer uns noch andere Gäste da, die sich alle im großen Atelier des Malerfreundes versammelten. Wir Kinder setzten uns auf eine Holztreppe, die vom Atelier zu einer Galerie in den ersten Stock hinaufführte. Dort saßen wir still und erwartungsvoll. Kinder hatten zu Weihnachten erwartungsvoll zu sein, jedenfalls in diesem Haus, denn hier wurde das Fest nicht fröhlich und ungezwungen gefeiert, sondern ernsthaft zelebriert. Wir hatten auch unsere Schuhe draußen im Flur ausziehen müssen, was mich allerdings nicht sehr störte, denn sie waren schwer und klobig. So saßen wir also erwartungsvoll und mit strahlenden Augen auf dieser Treppe. Strahlende Augen waren auch erwünscht. Kinder hatten zu Weihnachten immer strahlende Augen zu haben. Das war wichtig für die Fotos, damals allerdings nur Schwarzweißfotos. Das Strahlen wollte da leider nicht so recht zum Ausdruck kommen. In Strumpfsocken hockten wir also pflichtgemäß auf der Treppe. Herumrennen durften wir nicht, um den großen Christbaum nicht zu gefährden, der fast bis zur Decke reichte. Auch an diesem Christbaum prangte ein Rauschgoldengel. Ein viel größerer als der unsere. Und zerrupft war er auch nicht. Und er hing auch nicht einfach so allein inmitten von ein paar bunten Kugeln und Kerzen im Grün des Baumes. Nein, von der Spitze des Baumes liefen nach allen Seiten breite Bänder aus Metall in den Farben Rot, Gold, Violett und Blau bis auf die untersten Zweige hinab. Kein Knick war in den Metallbändern zu sehen. Dazwischen hingen wie Eiszapfen bündelweise Lamettafäden an den äu-

ßersten Enden der Zweige. Und in fast genau gleichen Abständen schimmerten Kugeln in Rot, Gold, Violett und Blau in dem bisschen Grün, das noch übrig geblieben war. Der Baum sah aus, als würde er strammstehen und auf ein Kommando warten. Nachdem die Kerzen angezündet waren, wagte er es, verhalten zu glänzen, das heißt, eigentlich sah man von dem Baum ja kaum etwas, gerade so, als müsse man verbergen, dass unter all dem Metall so etwas Gewöhnliches wie grüne Nadeln und schlichtes braunes Holz versteckt war. Dann wurde gesungen. Eine Muh, eine Mau, eine Pfefferkuchenfrau ... Schon damals fand ich das Lied idiotisch. Zumal ich mir nicht vorstellen konnte, was eine »Pfefferkuchenfrau« sein sollte, und noch viel weniger, was eine »Mau« war.

Irgendwann nach einem für damalige Verhältnisse großartigen Essen mit Dingen, die ich nicht kannte und die mir nicht schmeckten, war diese Weihnachtsfeier zu Ende und wir fuhren mit dem Bummelzug wieder nach Hause.

Der Heimweg von der Station dauerte auch etwa eine halbe Stunde. Der Schnee knirschte angenehm unter den Füßen, die Kälte biss in die Wangen, die Hände in den selbst gestrickten Fäustlingen wurden kalt. Aber daheim gab's »Fettbrote«, heißen Kakao und Kletzenbrot aus selbst gedörrten schrumpeligen, zuckersüßen Holzbirnen. Wir zündeten die Kerzen an unserem grünen Christbaum an, die mit Goldbronze angestrichenen Nüsse schimmerten in den Zweigen, unser zerrupfter Rauschgoldengel glänzte fröhlich. Und dann sangen wir zur Klavierbegleitung meiner Mutter laut und falsch Stille Nacht, Heilige Nacht.

Die große Weihnachtsaktion

Schon im Oktober steckten wir die Köpfe zusammen, denn diesmal hatten wir Großes vor. Zehnmal wollten wir am Heiligen Abend an fremde Türen klopfen und alten, armen Leuten Freude bringen. Und damit die ganze Unternehmung auch ein Gesicht bekam und unter der Bevölkerung nicht unbekannt blieb, sollte unsere Aktion auch nach außen hin etwas darstellen.

Uns fehlte es nicht an Fantasie. Der Kohlenhändler würde uns einen Schlitten borgen, den mussten wir vorher säubern, sonst meinten ja die Leute, die uns bei unserer Unternehmung sahen, wir führten nur Kohle aus. Walter wusste, wie es weiterging. Auf der Fläche, wo sonst die Kohlensäcke lagen, sollte ein Zelt aufgebaut werden, ein Pyramidenzelt, weil wir dazu nur eine Zeltstange befestigen mussten. Und in diesem Zelt sollten zunächst die Geschenke verstaut werden, damit sie von dem Schnee, der bestimmt fallen würde, nicht nass wurden.

Seltsamerweise dachten wir immer nur an Schnee und kein anderes Wetter. Gut, die Pakete waren vor dem Schnee ge-

schützt. Wusste man jetzt, warum das Zelt auf dem Schlitten stand? Wusste man, was sich in diesem Zelt befand und vor allem, wer die Pakete hineingesteckt und auf den Weg gebracht hatte? Nein! Wir mussten auf beiden Längsseiten hinschreiben, warum das Ganze geschah. Es war eine Weihnachtsaktion. Also musste Weihnachtsaktion auf einer Art Plakat draufstehen. Und dass wir Pfadfinder waren, sollte man der Schrift auch entnehmen können. Dazu brauchten wir weißes Packpapier, das wir auf leichte Holzrahmen heften würden, genauso lang wie die Länge der Ladefläche. Und die Holzrahmen würden wir an die Längsseiten des Schlittens nageln. Jetzt brauchten wir nur noch den Inhalt für die Pakete. Und es sollten da nicht nur Linsen, Bohnen oder Erbsen hinein. Vor allem auch ein paar teure Sachen, die sich arme, alte Leute nicht leisten konnten. Butter zum Beispiel, etwas Dauerwurst, ein paar Eckchen Schmelzkäse, ein bisschen echter Bohnenkaffee oder ein Päckchen Tee. Stefan stellte die Liste zusammen und Martin wachte über die richtige Rechtschreibung. Es war eine Menge, die es zu bedenken gab. Walter lieferte immer wieder neue Geschenkideen.
Mitte November schwärmten wir aus und erbettelten das, was wir schenken wollten. Die Zeiten waren schlecht, es herrschte große Arbeitslosigkeit. Manche Geschäftsleute warfen uns einfach aus dem Laden, andere räumten uns mehr Lebensmittel auf den Ladentisch, als wir erhofft hatten. Walter brachte als große Überraschung nicht nur zehn Päckchen Tee, sondern auch zehn winzige Fläschchen Rum dazu. Sicherlich Werbefläschchen, aber immerhin. Tee mit Rum in einer kalten Wohnung, das war schon etwas.
In Martins Wohnhaus war ein Obst- und Gemüseladen. Von dort hatte er sich zehn Feigenkränze und Äpfel erarbeitet. Nicht irgendwelche gewöhnlichen Äpfel, nein, die waren so fein, dass man sie nur in Seidenpapier eingewickelt bekam. Martin war am ärmsten von uns dran. Sein Vater war nicht nur arbeitslos, sondern auch sehr jahzornig. Martins Vater durfte

nie und nimmer erfahren, dass Martin sein Taschengeld für das Wegräumen von Holzkisten in unsere Weihnachtsaktion gesteckt hatte.

Herr Kutschera, der Fleischer, zuckte zurück, als wir seinen Laden betraten. »Oh, Jesses«, sagte er, der uns fast ein Jahr nicht mehr gesehen hatte. »Was wollt ihr schon wieder?«

»Herr Kutschera«, begann Walter. »Wir sammeln für arme, alte Leute und Sie haben so gute Dauerwurst.«

»Ihr kommt viel zu früh«, jammerte Herr Kutschera.

»Eben«, sagte Walter. »Es sollen ja auch keine langen, großen Würste sein. Zwanzig Zentimeter genügen. Und wenn Sie so gut sein wollen, zehn Stück bitte.«

»Das sind mehr als zwei Kilo«, jammerte Herr Kutschera. »Ihr stellt vielleicht Ansprüche.«

»Nicht für uns«, beteuerten wir. Und wir schielten nach der Tür zur Wohnung und hofften auf das Erscheinen der hübschen Tochter von Herrn Kutschera. Leider vergebens. Walter nahm einen neuen Anlauf: »Herr Kutschera, Sie sind ein guter Mensch.«

»Das braucht mir keiner sagen, das weiß ich selber.«

»Und es ist für arme Leute, die werden weinen vor Freude.«

Herr Kutschera wischte sich die Augen und sagte: »Ihr nützt mich schön aus, ihr Lausbuben.« Er musste tief Luft holen. »Also gut, nächsten Donnerstag könnt ihr sie haben, zehn und keine mehr.«

Als wir am nächsten Donnerstag erschienen, war es bitterkalt. Herr Kutschera schob uns ein wohl verpacktes Paket zu. Und weil eben andere Kunden den Laden betraten, sagte er schnell: »Ist schon bezahlt, ich weiß.« Dann tippte er sich mit dem rechten Zeigefinger an sein schwarzes, speckiges Käppi. »Ja, dass ich net vergess, für Großabnehmer gibt's eine Extrawurst.« Und er legte gut einen halben Meter Burenwurst für uns auf weißes Papier, wickelte sie ein, reichte sie uns und sagte: »Bei der Kälten is' a heiße Wurst mit Senf a Wohltat.«

»Besten Dank, Herr Kutschera«, sagte Walter. Wir nickten

nur und waren draußen. Uns lief beim Gedanken an die heiße Burenwurst mit Senf das Wasser im Mund zusammen.
Ganz nebenbei: Stefan hat die gleich langen Dauerwürste mit einem Schullineal nachgemessen. Sie waren nicht 20 Zentimeter lang, sondern 25.
Das beflügelte uns zu weiteren Taten. Vom Bäcker Leitgeb erhielten wir zehn kleine Rosinenwecken. In der Fischhandlung gab's zehn große Sardinenbüchsen. Zehn kleine Tütchen Kaffee ergatterten wir auch. Und alles war erbettelt. Nur das Packpapier für die Pakete und die Schnur zum Verschnüren mussten wir selber bezahlen. Wir dachten einfach an alles. Nur dass es nicht schneien könnte, daran dachten wir nicht.
Martin war unser Packer. Er konnte das am besten von uns. Ihm fielen die Dosen, Säckchen, Fläschchen, Tüten und was es sonst noch gab, nicht auseinander, ehe er das Packpapier zusammenschlug. Nein, bei ihm behielt alles die gewünschte Form und ein Paket sah aus wie das andere. Einfach imposant! Wir hätten sofort mit dem Schlitten losfahren können, wäre nur Schnee dagewesen.
Am Mittag des 24. Dezember dämmerte es uns, dass es mit dem lautlosen Gleiten des Schlittens nichts werden würde. Wir sausten zum Kohlenhändler, bevor er schloss, um vom Schlitten auf einen Handwagen umzusteigen. Den konnten wir jetzt allerdings nicht mehr so säubern wie den Schlitten. Aber die Ladefläche war gleich groß, wir brachten das Zelt und die Plakate an den Seiten leicht unter. Das Einzige, was störte, war die schmutzige Ladefläche. Auf die konnten wir unmöglich unsere Pakete legen.
Also wurde noch eine Zeltplane im Zelt ausgelegt. Als wir auch das letzte Paket verstaut hatten, begann es leicht zu regnen. Das war nicht schlimm. Schlimm wurde es erst, als wir den Wagen von der Asphaltstraße auf die gepflasterte Straße hinauszogen. Der Wagen holperte und polterte laut dahin und die Zeltstange begann zu tanzen und zu wackeln, dass wir um das Zelt bangten. Bis zur ersten Adresse hielt sie sich. Walter

und Martin brachten das Paket ins Haus. Mein Bruder spannte das Zelt erneut und achtete darauf, dass das abfließende Regenwasser nicht in das Zelt zurückfloss.
Dann ging es eine Pflasterstraße bergauf, was eine ganze Menge Kraft von uns verlangte. Wir merkten, dass der Handwagen für unsere Pakete viel zu schwer war. Und als die Straße wieder bergab führte, drohte er uns davonzufahren, er holperte und hüpfte dahin und so legte sich die Zeltstange um und das Zelt war dahin. Die Plane lag nun flach und auch die Plakate mit der Aufschrift Weihnachtsaktion wurden unansehnlich. Die mit Wasserfarbe gemalte Schrift zerfloss immer mehr, bis von der Weihnachtsaktion nichts mehr übrig war. Wir trotteten selber durchnässt neben unserem Kohlenwagen daher, von den paar Leuten, die noch unterwegs waren, wurden wir nicht beachtet. Ab dem vierten Paket, das wir zustellten, bildeten sich auf der Zeltplane kleine Wasserpfützen. Wir konnten froh sein, wenn wir unsere Pakete trocken vor die Wohnungstüren brachten. Allmählich verloren wir unsere gute Laune. Dann zählten wir nur noch die Pakete, die wir an den Mann oder an die Frau bringen mussten. Als es nur noch drei waren, atmeten wir auf. Unsere Weihnachtsaktion war zur Last geworden.
Der Erste, der sich verabschiedete, war Walter. Von hier, meinte er, hätte er es günstig nach Hause. Schließlich waren wir noch zahlreich genug. Dass wir müde wurden, das bedachte er nicht. Und dass die Adressen der armen Leute ziemlich weit auseinander lagen, ebenfalls nicht. So brauchten wir vom achten bis zum neunten Paket zwanzig Minuten. Dann erkannten uns die Beschenkten nicht als Pfadfinder, sondern sie sagten: »Das ist aber nett vom Herrn Pfarrer«, oder: »Ach, die liebe Caritas.«
Als nur noch ein Paket auf dem Kohlenwagen lag, der uns jetzt riesig erschien, lenkte ihn Martin in eine offene Toreinfahrt, damit wir eine Pause machen konnten und vor dem Regen geschützt waren. Wir schoben die Zeltplane ein wenig zurück,

so dass wir uns auf den Wagen setzen konnten, ohne nass zu werden.
Wir waren erschöpft, aber wir gestanden uns das nicht ein. Allein der Gedanke, dass wir den schweren Wagen wieder in Bewegung bringen mussten, ließ uns erschauern. Und daheim warteten sie schon lange auf uns. Es war kurz vor acht.
»Wir müssen weiter«, sagte Stefan.
»Ja«, sagten wir anderen und blieben sitzen.
Als wir uns aufrappelten, war es halb neun. Vor dem Haus mit der zehnten armen Alten wollte keiner mehr in den dritten Stock hinauf. Wir losten aus und das Los traf Martin. »Na ja«, sagte er. »Eine Weihnachtsfreude folgt der anderen.« Und er fischte das zehnte Paket aus der Plane heraus. Wir fanden es toll, dass es immer noch trocken war.
Als Martin wieder zu uns zurückkehrte, war sein Gesicht verändert, man hätte fast sagen können, es leuchtete von innen.
»Sie hat mich umarmt«, berichtete Martin verlegen. »Und geweint hat sie auch.« Martin bekam feuchte Augen. »Und dann, und dann«, erzählte er, »hat sie noch gesagt: ›Haben mich doch nicht alle vergessen.‹«
Es musste schlimm sein, vergessen zu werden. Das leuchtete uns ein. Aber was Martin berichtete, schenkte uns neue Kraft. Wir brachten es fertig, den schweren Handwagen in den Hof des Kohlenhändlers zu schleppen. Dort ließen wir ihn stehen, mit den Zeltplanen und den Wasserpfützen darauf. Von den Plakaten waren nur noch die Holzrahmen und ein paar Papierfetzen übrig.
Aber das war uns egal. Wir wollten nach Hause. Wir waren durch und durch nass und gingen wortlos auseinander.
Daheim erwartete uns ein missmutiger Vater, weil wir den Zeitplan durcheinander gebracht hatten. Mutter brachte schnell aufgewärmte heiße Würstchen herbei.
Wir begannen zu essen und hörten erst, als wir am Tisch wieder aufwachten, dass wir die Bescherung verschlafen hatten.

Der Goldene Sonntag

Heutzutage sind fast alle Sonntage gleich. Sie beginnen in der Früh und enden am Abend. Ausnahmen sind vielleicht der Oster- und der Pfingstsonntag, weil nach denen noch ein Feiertagsmontag kommt.
Damals, in der Zeit, da unsere Geschichte spielt, gab's noch zwei besondere Sonntage im Jahr, den Silbernen und den Goldenen. Das waren die letzten zwei Sonntage vor Weihnachten. Und sie hießen deshalb so, weil an ihnen die Geschäfte geöffnet hatten, damit man noch kräftig Weihnachtsgeschenke einkaufen konnte, falls man das Geld dazu hatte.
Die Eltern von Maria, Lisa und Bernhard fuhren am Goldenen Sonntag in die Stadt, um einzukaufen. Erstens hatten sie vorher keine Zeit gehabt und zweitens auch noch kein Geld. Mutter hatte Kartoffelsuppe vorgekocht. Aufwärmen sollte Maria die Suppe, weil sie die Älteste war und außerdem auch schon Geschirr spülen konnte. So hatten die Kinder etwa Warmes zu Mittag. Und das brauchten sie auch.
»Bernhard, sei ja schön brav«, sagte Mutter zum Abschied. »Und streitet nicht! Denk daran, ich krieg's raus, wenn du schlimm warst.«

Bernhard grinste und Lisa, die Jüngste, rief: »Ich will auch was tun!«
»Gut, du kannst das Geschirr abtrocknen«, sagte Vater. Dann gingen die Eltern.
Die Kinder sahen ihnen vom Küchenfenster aus nach, wie sie aus dem Gartentor traten und dann die Straße zum Bahnhof hinuntergingen.
Kaum waren die Eltern nicht mehr zu sehen, meldete Bernhard: »Ich hab Hunger.«
»Du hast gerade gefrühstückt«, gab ihm Maria zurück.
»Ich hab aber großen Hunger!«, rief Bernhard und stampfte mit dem Fuß auf.
»Du sollst brav sein!«, befahl die kleine Lisa.
Irgendwie gelang es Maria, Bernhard von seinem Hunger abzulenken, aber sie ahnte nichts Gutes. Bernhard schien sich irgendetwas auszudenken und sie hatte keine Ahnung, welche Dummheiten ihm einfallen würden.
Maria sah auf die Uhr. Jetzt werden sie in der Stadt sein, dachte sie. Und das stimmte. Die Eltern gingen vom Bahnhof zu Fuß und fuhren nicht mit der Straßenbahn, um Geld zu sparen. Schließlich hatten sie nicht allzu viel und die Kinder sollten sich freuen.
»Ich bin doch etwas unruhig«, sagte die Mutter. »Meinst du, sie stellen nichts an?«
»Bestimmt nicht«, antwortete der Vater. »Maria ist zehn, Bernhard wird acht und von Lisa kommt bestimmt nichts Böses.«
»Nein, von Lisa nicht«, sagte Mutter, aber sie dachte an Bernhard, der manchmal schwierig war. Er hörte nicht auf das, was man ihm sagte. Und wenn die Buben vom Dorf etwas anstellten, dann war er meist mit dabei.
In der Stadt waren viele Menschen unterwegs, sie drängten sich auf den Bürgersteigen und hielten vor den Schaufenstern der Kaufhäuser an. Manche Schaufenster waren besonders geschmückt. So hieß es in einem »IM ZWERGENLAND«.

Da waren Zwerge aufgestellt, die sich bewegten. Der eine sägte Holz, ein anderer fuhr mit einer Schubkarre, aber nicht weit. War er auf einem Hügel angelangt, ging's schnell im Rückwärtsgang zurück und er musste wieder von neuem bergan beginnen. Der Zwerg, der das Fenster öffnete, schloss es wieder, und der den Weg fegte, tat dies geduldig am selben Fleck, wo längst nichts mehr zu fegen war.
In einem anderen Schaufenster fuhren Eisenbahnen immer im Kreis, verschwanden in einem Tunnel, kamen wieder heraus, hielten in einem Bahnhof und fuhren weiter. Alles geschah automatisch. »Elektrisch gesteuert«, sagte Vater und: »Viel zu teuer. Dafür ist Bernhard noch zu klein.«

Um Punkt zwölf stellte Maria den Suppentopf auf den Herd und deckte den Tisch. Jetzt hatte Bernhard keinen Hunger. Und Kartoffelsuppe wollte er nicht, obwohl kleine Würstchen drinnen waren.
Maria seufzte immer wieder, als sie mit Lisa die Suppe löffelte.
»Was tust du eigentlich dauernd am Fenster?«, fragte sie schließlich den Bruder.
»Nichts. Ich schaue hinaus.«
»Und warum?«
»Vielleicht kommen sie schon.«
»Du weißt, dass sie erst kommen, wenn es dunkel ist.«
»Vielleicht sind sie früher fertig.«
Darauf sagte Maria nichts mehr. Sie räumte die Teller vom Tisch und spülte sie ab, weil Lisa unbedingt abtrocknen wollte. Bernhard wollte spielen und er holte die große Spielzeugkiste, in der die Spielsachen der drei Kinder aufbewahrt wurden, unter dem Küchentisch hervor. Da war auch Treff, Marias Hund, drinnen. Kein echter, lebender, sondern nur ein Spielzeughund. Aber er sah echt aus und sie liebte ihn. Dann waren da noch eine Burg, ein paar Ritter, ein Stoffelefant und eine Puppe aus Zelluloid von Lisa, ganz zu schweigen von dem großen und dem kleinen Teddy.

Gott sei Dank, dachte Maria. Mutter war auch immer froh, wenn Bernhard spielte. »Da vergesse ich ganz, dass er da ist«, sagte sie oft. »Da kann ich ohne Störung auf der Nähmaschine arbeiten.«

Zur selben Zeit sah Vater im Schaufenster eines kleinen Geschäftes eine aus einem Metallbaukasten zusammengebastelte Drahtseilbahn.
»Das wäre was«, sagte er. »Wenn Bernhard das noch nicht fertig bringt, könnte ich ihm ein wenig zur Hand gehen.«
»Ist die nicht zu teuer?«, fragte Mutter.
»Natürlich ohne Elektromotor. Wir müssen eine Schnur spannen und die Gondel hinauf- und hinunterziehen. Das würde ihm bestimmt Spaß machen.«
Sie betraten den Spielzeugladen und ließen sich Metalbaukästen zeigen. Es gab große und kleinere und viele Ergänzungen, die auch nicht billig waren.
Vater zögerte. Der Verkäufer sagte: »Wir haben auch Holzbaukästen, die sind billiger, da kann das Kind genauso ... Nur ist eben alles bloß aus Holz.«
Vater aber war Werkmeister in einer Maschinenfabrik, ihm war Metall lieber. Er überlegte und rechnete mit Mutter, während der Verkäufer andere Leute bediente.
»Wenn wir für alle etwa gleich viel ausgeben wollen . . .«, überlegte Mutter.
»Dann geht es natürlich nicht. Aber wenn wir für Lisa etwas Schönes finden, dann muss es ja nicht so viel kosten.«
»Sie wünscht sich eine Puppenstube, eine Küche und Maria möchte ein Buch und unbedingt eine Handtasche.«
»Und wenn wir nicht in ein Wirtshaus gehen, sondern nur bei einem Würstelstand . . .«
Sie sahen sich Puppenküchen an und kauften einiges an Geschirr. Tisch und Eckbank wollte Vater noch dazu basteln, im Lauf der Zeit vielleicht sogar noch einen Küchenschrank. Beim Würstelstand aßen sie die billigste heiße Wurst, in der

viele Speckwürfel waren. So ging es sich vielleicht für einen Metallbaukasten mittlerer Größe aus. Mit der Handtasche von Maria taten sie sich leichter. Sie musste rot sein. In der Buchhandlung war es schwieriger. Es war dort so anders als in den anderen Geschäften. Die Leute flüsterten nur. »Ein Buch für ein zehnjähriges Mädchen«, sagten sie.
»Liest es viel?«, fragte die Buchhändlerin.
»Kann man schon sagen.«
»Vielleicht eine Sagensammlung?« Die Buchhändlerin reichte ihnen einen dicken Band. Sie schauten hinein und fanden zufällig eine Sage über die Burg Kaltenegg, zu der es von ihnen daheim nur eine schwache Stunde Fußweg war.
Sie kauften das Buch.
Als sie auf der anderen Straßenseite zurück zum Bahnhof gingen, fielen ihnen vor einem Geschäft Schlitten auf. Einsitzer, Zweisitzer, ja sogar Dreisitzer.
»Das wäre was für alle drei«, sagte Mutter.
»Aber wir wollten doch noch einen Wintermantel für dich«, wandte Vater ein.
»Aber der meine hält noch ein Jahr.«
Während sie überlegten, stand schon der Mann aus dem Geschäft neben ihnen. »Soll es für ein Kind sein oder haben Sie mehrere?«
»Drei«, sagte Mutter unüberlegt.
»Drei süße, liebe Kinder! Dann also ein Dreisitzer. Schauen Sie nur diese wunderbaren festen Gurten an, das prächtige Holz!«
»Aber wir wissen gar nicht, ob wir den in die Eisenbahn hineinbringen«, wehrte Vater ab.
»Sie wohnen auf dem Land?«, rief der Mann. »Auf dem Land gibt's mehr Schnee und höhere Berge, da können die Kinder kilometerweit fahren.« Und er holte einen Schlitten hervor, der im Hintergrund stand. »Eine Norweger-Rodel«, erklärte er. »Sehen Sie sich diese großen Kufen an, da kann sich der Vorderste gut anhalten, da fahren die drei viel sicherer.«

Es war wirklich eine prächtige Rodel, eine ähnliche hatten sie noch nie gesehen.
»Und sie kostet?«, fragte Mutter ängstlich.
»Eigentlich«, begann der Mann, aber dann lächelte er und sagte: »Für Sie und Ihre drei Kinder ein Sonderpreis.« Er verlangte ein bisschen weniger, als der Wintermantel gekostet hätte.
Vater sah fragend zur Mutter und sie nickte. »Ein Mantel«, meinte sie dann, als sie schwer bepackt weitergingen, »wäre nur was für mich gewesen, aber diese Norweger-Rodel ist was für uns alle.«
Inzwischen war es dunkel geworden und die Straßenbeleuchtung wurde eingeschaltet. Sie hatten nicht mehr weit zum Bahnhof und jetzt, vor allem durch die Rodel, eine Menge zu schleppen.
»Was werden die Kinder machen?«, fragte Mutter besorgt.
»Sie werden bestimmt vernünftig sein«, beruhigte sie der Vater. Und um seine Frau auf andere Gedanken zu bringen, fügte er hinzu: »Jetzt haben wir viel zu tragen. Komisch, was man alles kaufen kann, wenn man das Geld dazu hat.«

Es wurde auch im Haus dunkel. Maria konnte nicht mehr lesen. Das Einfachste wäre gewesen, das elektrische Licht anzudrehen, aber da war Bernhard dagegen. In seiner Burg wurde es dunkel und in Burgen gab es kein elektrisches Licht. Er wollte eine Kerze haben.
»Die kriegst du nicht!«, rief Maria sofort.
»Aber ich brauche sie. Ich spiel doch Burg!«
»Mama hat gesagt, wir dürfen nicht an die Streichhölzer. Ich mach Licht.«
»Machst du nicht!«, schrie Bernhard.
Und er lief zum Küchenschrank, um aus der linken Schublade die Kerzen und Streichhölzer zu holen.
»Sei nicht blöd!«, rief Lisa.
»Ich lass dich nicht ran«, schrie Maria und stellte sich vor die

Schublade. Aber Bernhard wurde wütend, er kratzte und zwickte sie und trat sogar mit den Füßen nach ihr, bis er an die Lade herankonnte.
Maria weinte, Lisa schimpfte und Bernhard grinste, weil er nun statt einer ein paar Kerzen und ein Päckchen Streichhölzer hatte. Er zündete drei Kerzen an und prahlte: »Siehst du, nichts passiert. Angst-Maria!«
Aber dann zündete er die vierte Kerze an, ließ Wachs auf den oberen Kistenrand tropfen, um die Kerze befestigen zu können. Und da geschah es. Die Kerze fiel um, in die Kiste hinein, auf das Püppchen aus Zelluloid, es gab eine Stichflamme und alles, was noch in der Kiste war, Treff, der Cockerspaniel aus Stoff, der Elefant, die beiden Teddys, begann zu brennen.
Bernhard stand schreckensstarr da.
Lisa schrie um Hilfe. Nur Maria behielt die Nerven. Sie rannte zur Wasserbank neben dem Herd, riss die fast volle Wasserkanne an sich und schüttete das Wasser über die Spielzeugkiste. Dann trat sie die anderen Kerzen nieder und machte Licht. Zitternd ließ sie sich auf die Eckbank fallen, starrte auf das schwärzliche Wasser, das über den sauberen Fußboden rann, und weinte. Lisa kam auf der Sitzbank herangekrochen und tröstete sie. Durch ihre Tränen hindurch konnte Maria sehen, dass ihr geliebter Hund, der schöne schwarzweiße Cockerspaniel namens Treff, halb verbrannt war.
»Das hast du nun davon, Schwachkopf!«, schrie sie ihren Bruder an.
Der verdrückte sich in die hinterste Ecke gegenüber der Eckbank.
Beißender Rauch hatte sich ausgebreitet und Maria öffnete das Fenster. Draußen war es kälter geworden, man spürte es an der Luft, die in die Küche hereinströmte.
Lisa hustete.
Maria fragte: »Und was sagen wir den Eltern zu dieser Bescherung?«
Bernhard schwieg.

Das weiße Pferd

Der Vater lag im Krankenhaus, er war an der Niere operiert worden. Die Mutter war gesund und bei den Kindern, aber manchmal weinte sie. Verstohlen, wenn sie dachte, die Kinder würden es nicht bemerken. Sie weinte, weil sie kaum Geschenke für ihre Kinder hatte, und Weihnachten stand vor der Tür. Aber dann, am Nachmittag des Heiligen Abend geschah es. Die Türklingel läutete, sofort wollten die zwei Brüder öffnen, aber Mutter hielt sie zurück. »Wer weiß, wer es ist«, sagte sie und schloss die Wohnungstür ab, als sie auf den Flur trat. Die Brüder pressten ihre Ohren an das Holz der Tür und hörten zunächst nichts. Doch etwas später vernahmen sie, wie die Mutter das Haustor aufschloss und einen überraschten Ruf ausstieß. Eine Männerstimme schien sie beruhigen zu wollen, was aber offensichtlich nicht gelang. Denn da war noch eine zweite Männerstimme, die sich einmischte. Und von Mutter hörten die beiden Brüder nichts mehr. Dann gab's nur noch das Knistern und Rascheln von Packpapier. Martin und Thomas meinten, es müsse ein riesiges Paket sein oder gar mehrere. Und es konnten keine fest verschnürten Pakete sein, sonst hätten sie das Packpapier nicht so rauschen hören. Es war eine äußerst rätselhafte Sache. Und sie wurde noch rätselhafter, als Mutter in die Wohnung zurückkam und auf die Frage »Wer war denn das?«, antwortete: »Ach, nichts, es ist für den Nachbarn.«

Zum ersten Mal glaubten sie ihrer Mutter nicht, denn sie wandte bei der Antwort ihr Gesicht ab. Damit ihr die Söhne nicht in die Augen sehen konnten. Ansonsten achtete sie darauf, dass sie in der Küche blieben und nicht an die Wohnungstür gingen.

Wie sie es dann fertig gebracht hatte, trotz der Wachsamkeit der beiden zwei Pferde und zwei zweirädrige Karren in die Wohnung und unter den Christbaum zu bringen, haben die Brüder nie begriffen und schon gar nicht damals.

Zugegeben, diesmal gab's nur ein kleines Stück Wurst zum Kartoffelsalat, aber sonst war alles in Ordnung. Die Mutter räumte den Tisch ab, wusch die Teller blank und sagte unvermittelt: »Hat es da nicht geklingelt? Ich glaub, das Christkind war da.«

Die zwei stürzten hinaus und da war die Überraschung! Die Kerzen brannten und der Baum duftete. Und zu seinen Füßen standen die Pferde mit den Karren.

Links ein braunes und rechts ein weißes. Das braune sah Thomas sofort als das seine an. So blieb Martin das weiße. Es war ein großes Pferd, nicht ganz so groß wie ein Schaukelpferd, aber nicht viel kleiner. Martin versuchte sich rittlings darauf zu setzen, und das schöne weiße Pferd brach nicht zusammen. Und das Seltsame dabei war, dass er das Gefühl hatte, das Pferd sei lebendig und es fehle nur eine winzige Kleinigkeit, damit das Pferd laufen und wiehern könne.

Wenn Vater zu Weihnachten daheim war, hatten sie immer gesungen, da war es ganz feierlich geworden. Aber die Mutter war unmusikalisch und hatte keine Singstimme. Außerdem

verwechselte sie immer die Texte zu den Melodien oder umgekehrt, und das war manchmal sehr komisch und gar nicht feierlich. So sangen sie heute nicht.
Während Thomas mit seinem Braunen hü und hott schon durchs Zimmer fuhr, mit dem Karren hintendrein, saß Martin auf dem Fußboden und streichelte sein Pferd. Ihm war, als sehe es ihn an und sagte: »Ich kann alles verstehen. Du kannst mit mir reden. Ich weiß, ihr habt es nicht leicht.« So führte Martin das Pferd durch die kleine Wohnung. Vom Schlafzimmer der Eltern, das nie geheizt wurde, in die immer warme Küche und in das Kinderzimmer, das er mit seinem Bruder teilte. Er erklärte dem Pferd, dass sie zu ebener Erde wohnten. Und die Wohnung war auch eine besondere, eine Dienstwohnung nämlich. Und als Martin selig zu Bett ging, sie hatten länger aufbleiben dürfen, es war fast elf, stand das weiße Pferd an seinem Bett.
»Schlaf gut«, sagte Martin zu dem Pferd. Und es schien sich das zu Herzen zu nehmen und schlief. Am Morgen des Christtages war es schon wach, als Martin aufwachte, und es kam mit, als er sich in der Küche wusch, und es stand neben seinem Stuhl, als er frühstückte. Er musste nicht besorgt sein, dass sein weißes Pferd fror, denn Mutter hatte schon Feuer im Herd.
Thomas sprach nicht mit seinem Pferd, er belud den zweirädrigen Karren mit Holz oder Kartoffeln und jagte den Braunen von einem Zimmer ins andere. Brauchte seine Mutter Zwiebeln, dann schaffte er die im Karren heran, ebenso das Sauerkraut, was manchmal Schwierigkeiten machte.
Martin schonte sein weißes Pferd. Nur manchmal, wenn er sich allein fühlte, setzte er sich vorsichtig darauf und berichtete dem Pferd seine Sorgen. Max, zum Beispiel, der hatte eine Bande, und die lauerte ihm auf dem Heimweg von der Schule auf. Oder der Lehrer hatte ihn nicht beachtet, obwohl er sich sooo gemeldet hatte. Und dann hatte er einen aufgerufen, der eine falsche Antwort gab. Er aber, Martin, hätte die richtige

gewusst. Oder der Vater war aus dem Krankenhaus heimgekommen, blass und mager. Er sah das weiße Pferd nur flüchtig an, denn er musste sich sofort hinlegen. Ruhe, Ruhe, Ruhe, das war das, was er brauchte. Und das musste Martin natürlich dem Pferd erklären. »Weißt du, er ist krank«, erklärte er dem Pferd, für das er noch keinen Namen gefunden hatte. »Und er ist halt der Vater. Väter braucht man sonst nicht, aber es ist schön, wenn sie da sind.«

Der Braune von Thomas hatte seine erste Schramme am linken Vorderbein abbekommen. Da war der braune Lack ab und man sah, was darunter war. Zeitungspapier und ein sehr starker Draht. Sozusagen das Knochengerüst für das Pferd. Und obwohl Martin wusste, dass sein Pferd, das weiße, ähnlich beschaffen war, sah er es ganz anders an. Es war ein richtiges Pferd, das ihm zuhörte, wenn ihn etwas bedrückte. Wenn zum Beispiel die Ferien zu Ende waren und Martin wieder in die Schule musste. Dabei lernte er gern. Nein, das Lernen war es nicht. Es war die schlechte Luft in der Klasse, weil in den Bänken viel zu viele Kinder saßen. Das Pferd hörte auch zu, wenn Vater im Amt Ärger gehabt hatte, dann war er schlecht gelaunt und stritt mit Mutter. »Ist doch nicht schön, wenn zwei Erwachsene streiten?«, fragte er das Pferd. Und es schien ganz seiner Meinung zu sein. Es war wirklich nicht schön.

Etwas später hörte das Pferd von einer Gerti, die schon Klavier spielen konnte. Manchmal hatte sie Martin zugelächelt, das freute das Pferd ganz besonders. Und wieder später, es war Winter, erfuhr es, dass er Gerti verteidigt hatte. Gegen die Bande von Max, die Gerti eingekreist hatte und mit Schneebällen bewarf. Er kämpfte sich mit ihr zu einer schützenden Hausmauer durch. Und als Max mit seinem Schneeball ein Fenster zerschlug, rannten sie alle davon, feig wie sie waren.

Viel später dann die große Traurigkeit. Gerti wollte nicht mit ihm spazieren gehen. Am Kanal etwa oder im Park. »Ich hätte ihr dann bestimmt auch von dir erzählt. Aber wahrscheinlich hätte sie mich nur ausgelacht.«

Wahrscheinlich nur? Ziemlich sicher, denn wenig später hatte Martin Gerti mit Max spazieren gehen sehen. Und das tat weh. Ausgerechnet mit Max, der nichts vom Klavierspielen hielt und sie dafür überhaupt nicht bewunderte.

Es war ihm, als hätte das Pferd gesagt: »Sie wird es noch bereuen.«

Aber das war nur ein schwacher Trost.

Einmal, als er von der Schule heimkam, war die Mutter leichenblass. »Vater hatte ins Krankenhaus gebracht werden müssen, direkt aus dem Büro.«

Und als er den Vater im Krankenhaus besuchte, lag der blass und schmal im Krankenbett und hatte arge Schmerzen. Und eine große, schlanke Krankenschwester kam herein, um ihm Tabletten zu geben. Sie sah Thomas und Martin kurz an und fragte den Vater: »Ihre Söhne?«

»Ja«, sagte Vater stolz. »Meine Söhne.«

Das war das Letzte, was Martin von Vater gehört hatte. Ein paar Tage später starb er. Und das Pferd trug Martins Kummer mit, er spürte es ganz genau, als er mit Mutter und Bruder vom Friedhof heimkehrte. Das Pferd stand traurig an seinem Bett. Und es war, als wisse es alles.

Da sie die Dienstwohnung räumen mussten und nur eine kleine Wohnung fanden und auch bezahlen konnten, gab es ein Problem. In dem Zimmer für die Brüder, mehr eine Kammer, fand sich für das Pferd kein Platz mehr auf dem Fußboden.

»Schmeiß es weg«, rief der Bruder, der seinen Braunen schon längst nicht mehr hatte.

»Nein!«, schrie Martin.

»Ist doch sowieso nur aus Papiermaché und Draht.«

»Nein«, sagte Martin und erfand eine Konstruktion, so dass das Pferd von der Decke hängen konnte. Es sah jetzt aus wie ein fliegendes Pferd und es schwebte genau über seinem Bett. Da hing es noch lange und half Martin über alle Traurigkeiten hinweg. Vielleicht, weil es ein Weihnachtspferd war.

Die »gute Tat« zu Weihnachten

Florian hatte uns die Adresse gegeben und gesagt: »Das sind wirklich arme Leute, da könnt ihr was tun. Sie haben ein Mädchen, fünf Jahre ungefähr.«
Wir waren Florian für den Tip dankbar, denn wir taten uns mit der Suche nach armen Leuten schwer. Wir konnten doch nicht wildfremde Leute fragen, ob sie arm seien und vielleicht kein Geld für einen Christbaum hätten? Florian, ein erwachsener Pfadfinder, tat sich da leichter, er kannte viele Leute, redete mit jedem. Er konnte das tun, denn er war schon alt, mindestens 19, wenn nicht noch älter. Wir waren viel jünger und der Jüngste von uns war auch der Kleinste. Wenn er den Pfadfinderhut aufhatte, sagten alle: »Seht, da geht ein Hut spazieren!«
Gewiss, das war übertrieben, aber Walter, so hieß der Kleine, war wichtig für uns. Wenn er in ein Geschäft ging und um eine Spende für unsere Weihnachtsaktion bat, bekam er immer etwas. Warme Wollsocken oder Malzkaffee, einen Papiersack voller Linsen oder prächtig glänzende gelbe Spalterbsen.

Zuallererst aber mussten wir herausfinden, welches Haus das war, dessen Adresse auf Florians Zettel stand.

Um es kurz zu sagen, es war ein schäbiges Haus. Es fehlte an allem, der Verputz war da und dort abgebröckelt und ließ die nackte Ziegelmauer sehen, die lackierten Fensterrahmen zeigten nur hin und wieder weiße Farbe, sonst nur raues, graues, fast verrottetes Holz.

Es war ein altes Haus, wie sie damals nicht mehr gebaut wurden. Die Treppe führte im Hof zu Eisengängen in den drei Stockwerken. Und von diesen Eisengängen außerhalb der Hausmauern gelangte man in die Wohnungen. Die Wohnungstüren gingen also ins Freie hinaus. Wenn es kalt war, musste es dahinter auch kalt sein. Sie konnten nicht viel schützen, denn es waren ganz gewöhnliche Türen, wie man sie sonst in den Häusern fand. Irgendwo hinter einer der Türen im zweiten Stock wohnten also die Karner, die so arm waren, dass Florian davon wusste.

»Seht nicht so lange hinauf, sonst merken die was«, sagte Stefan. »Und dann ist die ganze Überraschung dahin.«

Schnell guckten wir zu den Türen im dritten Stock oder zu denen zu ebener Erde. Da hatte ein Schuster seine Werkstatt und das Schild über der Tür zeigte an, dass er Wenzel Sbrt hieß.

Bei Walter zu Hause berieten wir dann, wie wir alles machen wollten. Wir stellten eine Liste zusammen, was die Karners wohl alles brauchen konnten. Zuerst einen Christbaum, einen kleinen nur. Dazu Kerzen und Zündhölzer durften wir auf keinen Fall vergessen. Dann kamen die Geschenke an die Reihe. Eine Puppe für das Mädchen und einen Hund aus Plüsch, der schon gebraucht, aber noch recht ansehnlich war. Walter hatte einen Hocker, den er nicht mehr brauchte, Stefan und Willy brachten Märchenbücher. Dazu kamen Lebensmittel, Teigwaren, Mehl und Reis, dann Linsen, Bohnen und Spalterbsen. Zucker durften wir nicht vergessen und Kakao für die Kleine.

»Meint ihr, brauchen die auch Brot? Wir bekommen bestimmt eines vom Bäcker Leitgeb. Kann ja eines vom Vortag sein.«
»Oder noch von früher«, meinte Walter.
Dann überlegten wir, was wir der Frau und dem Mann schenken könnten. Bei der Frau taten wir uns leicht. Für die gab es ein Stück duftende Seife.
»Die bettle ich unserer Drogerie ab«, erklärte Walter.
Aber was schenkt man einem Mann? Das war schwer. Wir wussten nur, dass er schon lange arbeitslos war. Ob er rauchte? Nein, Zigaretten würden wir nicht erbetteln.
»Ein Buch«, meinte Martin.
»Gut«, sagte Stefan, »aber es muss lustig sein und wie neu aussehen.«
Wir berieten noch eine Weile, aber da ging's um anderes, nicht um die Geschenke für die armen Leute. Nein, wir warteten auf die Heimkehr von Walters Vater, der Oberkellner in einem feinen Restaurant war. Und der brachte manchmal Essen mit, das herrlich schmeckte, obwohl es nur Reste waren. Rindsgulasch mit wundervollem Fleisch oder ein Stück kalter Braten. Walters Vater teilte dann alles sehr gerecht auf und steckte uns sorgfältig Happen für Happen in den Mund.
Diesmal hatten wir Pech, wir mussten gehen, ohne Walters Vater gesehen zu haben.
Zusammengetragen wurde alles bei uns daheim, weil wir den größten Flur weit und breit hatten, außerdem war das Haustor auch tagsüber fest verschlossen. Für den Heiligen Abend hatte sich Walter etwas Besonderes ausgedacht. Er hatte vor, beim Fleischer ein Stück Fleisch zu erbetteln. Da wollten wir unbedingt dabei sein.
Wir betraten den Laden kurz vor Geschäftsschluss.
Im Chor sagten wir: »Grüß Gott, Herr Kutschera!«
Herr Kutschera war allein in dem nach Geräuchertem duftenden Laden und sah uns verwundert an. Er war klein und rund, hatte ein Vollmondgesicht, kaum Augenbrauen und Wim-

pern, und seine Glatze bedeckte er mit einem steifen, runden Käppchen, das schwarz war und vor Fett glänzte.
»Herr Kutschera«, begann Walter, »Sie kennen uns ja, wir sind Pfadfinder und wollen armen Leuten eine Freude machen. Die haben bestimmt kein Geld, um sich Fleisch kaufen zu können. Können Sie sich die Feiertage ohne Fleisch vorstellen?«
»Das wäre ja noch schöner«, sagte Herr Kutschera.
»Hätten Sie als Spende Fleisch für uns? Es kann ja ein ganz billiges Stück sein und wir sagen auch, dass es von Ihnen ist.«
Walter hatte dabei nicht mehr Herrn Kutschera angesehen, sondern einen großen, ganz festen Rollschinken, der hinter Herrn Kutschera an der gekachelten Wand hing.
Herr Kutschera war unentschlossen. »Ich hab ja fast nichts mehr«, jammerte er. »Das seht ihr doch selbst. Ja, wenn ihr früher gekommen wärt, aber die Geschäfte gehen schlecht . . .«
Da betrat die hübsche blonde Tochter von der Wohnung kommend den Laden. Sie musterte uns aufmerksam, aber freundlich. Auch wir lächelten sie freundlich an.
»Was wollen sie denn?«, fragte sie ihren Vater.
»Ach, verrückt, sie wollen Fleisch für arme Leute.«
»Na, dann gib's ihnen doch.«
»Ich hab ja keins mehr. Fast«, ergänzte er dann.
Da starrte die Tochter den Rollschinken an der Wand an wie vorher Walter.
»Also gut, da habts«, sagte Herr Kutschera und packte uns den Rollschinken ein. Und dann tat er noch ein Übriges.
Er griff unter den Ladentisch und holte ein großes Stück Bauchspeck hervor. »So«, sagte er, »und jetzt gebts mir eine Ruh. Machts mich noch arm mit euren Einfällen.«
Er packte auch den Speck ein, zwei Kilo mindestens, und empfahl uns: »Und sagts ihnen, da können sie sich Schmalz auslassen. Da haben s' lang was davon.«
»Braver Papa«, sagte die Tochter und gab dem Vater einen Kuss.

»Hör auf!«, rief der Vater. »Mitten im G'schäft, was sollen die Leut denken!«
»Frohe Weihnachten und schönen Dank«, sagten wir und verließen fluchtartig den Laden, obwohl das Fräulein Kutschera so hübsch war.
Jetzt galt es, den Besuch bei Karners zu organisieren. Wir stopften drei Rucksäcke voll. Aber die waren schwer und außerdem ging nicht alles hinein. Ein ausgeliehenes Leiterwägelchen von Fräulein Josefine sorgte für Abhilfe. Walter trug die kleine Fichte, die wir ebenfalls erbettelt hatten.
Draußen war ein frostiger, aber trockener Abend. Nur wenige Leute waren noch unterwegs, sichtlich bemüht, nach Hause zu kommen. Auch wir wollten unser Vorhaben schnell hinter uns bringen.
Im Hof des Hauses mussten wir das Leiterwägelchen so verstecken, dass es uns keiner stahl, während wir oben bei Karners waren. Dann mussten die Tragelasten gerecht verteilt werden, außerdem galt es, leise die Eisentreppe hinaufzusteigen, um nicht die Aufmerksamkeit der anderen Hausbewohner zu wecken. Als wir endlich den zweiten Stock erreicht hatten, hielten wir inne und stellten unsere Lasten ab. Martin holte die Christbaumkerzen aus einer Schachtel und Walter steckte sie auf das Bäumchen. Jetzt kam der schwierigste Teil. Die Kerzen mussten angezündet werden. Zum Glück war es windstill, trotzdem brauchte Walter einige Zündhölzer, bis endlich alle zwölf Kerzen brannten. Jetzt klopfte Stefan an die Tür. Sie wurde geöffnet und ein Mann starrte uns missmutig an.
Walter rettete die Situation. »Wir wollen Ihnen und Ihrer Familie eine kleine Weihnachtsfreude bereiten«, erklärte er. »Dürfen wir reinkommen?«
»Eine Freude?«, fragte der Mann. »Uns?«
»Ja, Ihnen«, sagte Walter.
So durften wir eintreten. Die Karners hatten kein Licht gemacht und vom Küchenherd her kam keine Wärme.

Walter sah sich in dem kahlen Raum um und stellte den Baum schließlich auf die Kohlenkiste neben dem Herd. Jetzt erst bemerkten wir die Frau, die auf einem Stuhl neben dem Küchentisch saß und das Mädchen auf ihrem Schoß fest umschlungen hielt. Sie sah uns wortlos zu, wie wir unsere Rucksäcke öffneten und Tüten, Dosen und Päckchen auf den Tisch legten. Nur einmal sagte sie etwas. Es war eine Frage, auf die sie offensichtlich keine Antwort erwartete. »Wie kommt ihr ausgerechnet auf uns?«, fragte sie.

Der Mann hatte sich zurückgezogen und hockte jetzt auf einem Bett an der Rückwand des Raumes. Er hatte die Hände vors Gesicht geschlagen.

Langsam begriffen wir, dass dieser armselige Raum alles in einem war, Küche, Esszimmer, Schlafzimmer und Wohnzimmer. Das einzige Fenster war eine schmale Öffnung neben der Tür.

Wir waren alle nicht reich, aber jetzt wussten wir, was das hieß: Armut. Ein Raum für alles, das Klosett außerhalb und das Wasser irgendwo zur ebenen Erde. Obwohl es in den Neubauten und auch in älteren Häusern ringsum schon Gasherde gab, war hier keiner zu sehen. Und in der Kohlenkiste, auf der unser Christbaum stand, war bestimmt kein einziges Stückchen Kohle. Wir guckten nicht neugierig herum, aber uns fiel jede Kleinigkeit auf. Ja, sie sprang uns geradezu an. Die kahlen Wände, die Decke, von der der einst weiße Kalkputz abblätterte, der Tisch mit dem abgenützten Wachstuch darauf, die drei Stühle, die nicht zusammenpassten, die Betten hinten an der Wand. Ein Eisengestell mit Strohsack, auf dem der Mann saß, noch immer die Hände vorm Gesicht, ein etwas breiteres Messingbett mit Matratzen, in dem die Frau wahrscheinlich mit dem Mädchen schlief, denn ein Kinderbett war nicht zu sehen. Neben dem Herd auf einer Bank noch eine Wasserkanne und eine Waschschüssel aus Emaille. Wir mussten schnell auspacken, damit wir wieder gehen konnten.

Da fragte das Mädchen: »Mama, sind das Engel?«

Es trieb uns die Schamröte ins Gesicht, denn wir wussten, was wir waren.
Aber da erlöste uns die Frau mit ihrer Antwort: »Nein«, sagte sie, »sonst nicht. Aber vielleicht gerade jetzt.«
Wir lächelten verlegen zu ihr hin und sahen zu dem Mann hinüber, der die Hände noch immer vors Gesicht hielt. Da erkannten wir, dass er weinte. Auf dem Bett saß und lautlos weinte. Man merkte es an seinen zuckenden Schultern.
Wir ergriffen die Flucht, rafften unsere leeren Rucksäcke auf, so schnell wir konnten, wünschten noch »Frohe Weihnachten« und waren draußen auf dem Eisengang. Die Blechplatten unter unseren Füßen dröhnten. Jeder Schritt die Treppe hinunter teilte sich dem ganzen Haus mit. Wir waren froh, als wir wieder festen Boden unter den Füßen hatten, und noch froher, als wir Frau Josefines Leiterwägelchen unbeschadet wieder fanden.
Auf der Straße gingen wir bedrückt auseinander. Das Leiterwägelchen blieb meinem Bruder und mir, weil Frau Josefine in unserer Nähe wohnte.
Daheim merkten wir noch vor der Bescherung, dass wir eigentlich schon eine Menge Geschenke hatten. Einen Vater, der zwar nicht viel, aber immerhin regelmäßig Geld verdiente, und wir merkten, dass der Küchenherd, der Wärme ausstrahlte, etwas damit zu tun hatte, genau wie der Tisch mit dem Tischtuch. Und dass jeder von uns sein eigenes Bett hatte und seine festen Schuhe und warme Hemden, die die Mutter selber nähte, war auch schon viel. Wir wussten, dass dies alles nicht selbstverständlich war, wie die Lampe über unserem Küchentisch und alles, was die kleine Wohnung so gemütlich machte.
Wir aßen Sardinenbrote, tranken Tee und warteten darauf, dass wir das Nebenzimmer betreten durften, in dem wir den Christbaum wussten.

Das Christkind kommt in die Stadt

Dieser Weihnachtstag war nicht so, wie ihn die Kinder gern gehabt hätten: mit einem tiefen Himmel voll schwerer Schneewolken und Schnee auf allen Straßen und Wegen. Nein, den ganzen Tag über pfiff der Wind um die Ecken der Häuser, heulte oder winselte im Kamin. Und es war frühlingshaft warm. Selbst Vater, der sonst immer fror, hatte seine Handschuhe in den Manteltaschen stecken und hielt seinen Hut mit bloßen Händen fest. Einmal mit der Linken, dann wieder mit der Rechten und wenn der Wind plötzlich aus einer ganz anderen Richtung daherbrauste, mit beiden. Die kleine Schwester weinte, weil der Wind ihr ein Sandkorn ins Auge getrieben hatte. Aber es war nicht so sehr der Schmerz, weshalb sie weinte. Sie fürchtete, später die Geschenke, die das Christkind irgendwo für sie bereithielt, nicht sehen zu können. Das war ein großer Jammer für sie.

Die beiden Brüder waren sauer, weil sie trotz des warmen Tages Mützen tragen mussten. Nur damit der Wind ihre frisch gewaschenen Haare nicht zerzauste und der Scheitel, den Vater gezogen hatte, erhalten blieb.

»Ich schwitze«, stöhnte der Kleinere.
»Ich werde meine Geschenke nicht sehen«, schluchzte die Schwester.
»Mir ist zu heiß«, jammerte der Große.
Vater tröstete sie. Er wies auf die Uhr der Rochuskirche. »Gleich ist es halb fünf und es ist schon dunkel. Gleich können wir umkehren und nach Hause gehen.«
Sie gingen durch die Reihen der Marktbuden gegenüber der Kirche, die alle geschlossen waren. Sogar der Ofen des Maronibraters war kalt. Der schwarze Eisendeckel war mit einer Kette an ihm befestigt und mit einem Vorhängeschloss gesichert. In der Straßenbahn, die gerade vorüberfuhr, saßen kaum Leute.
Da, im Haus neben der Kirche wurde es in einem Fenster im dritten Stock immer heller! Und es war kein elektrisches Licht, sondern der Schimmer von Kerzen. Dort oben war schon Bescherung oder sie würde gleich sein. Es schien, als würde sogar der Wind ein wenig den Atem anhalten.
»Warum im dritten Stock und nicht zuerst im vierten?«, fragte der kleine Bruder, weil der vierte Stock dem Himmel näher war.
Vater suchte nach einer Antwort. »Vielleicht sind im dritten Stock die bravsten Kinder«, sagte er schließlich. »Oder die anderen sind noch nicht daheim, das kommt vor. Oder die anderen Leute, die hier wohnen, haben keine Kinder.«
»Kommt das Christkind nicht auch zu den Großen?«
»Gewiss, aber später, die Großen haben mehr Geduld, zuerst sind die Kinder dran.«
Sie gingen die Hauptstraße zurück. Es waren kaum Menschen auf der Straße. Die meisten Geschäfte hatten die Rollläden vor den Schaufenstern heruntergelassen. Nur das Geschäft, über dem Puppenklinik stand, war noch hell. Die Schwester spürte plötzlich das Sandkorn im Auge nicht mehr und sah nur noch die Puppen. Und sie sagte auch gleich, welche Puppen sie haben wollte. »Die mit dem blauen Kleid und der weißen

Schürze, die mit den blonden Haaren und den blauen Augen, dann die mit dem braunen Haar und den langen Wimpern.« Kurzum, es gab fast keine Puppe, die sie nicht haben wollte. Der Vater sah sich die Preise der Puppen an und verglich sie mit seinem Gehalt. Es reichte bei weitem nicht auch nur für die Hälfte der Puppen, die die Kleine haben wollte.
»Da!«, rief der kleine Bruder und wies auf das Haus gegenüber. Fast gleichzeitig wurde es hinter zwei Fenstern hell. Vom Kerzenlicht hell.
»Und da auch!«, rief der Große.
»Und dort kann man den Baum sehen und die Kerzen.«
»Und wenn man in die Seitengassen sieht, da sind schon viele helle Fenster«, zeigte ihnen der Vater.
»Schön«, sagte die Schwester und vergaß weiterzugehen. Sie stand da und sah die Häuserfronten entlang. Und irgendwie spürten alle, dass es eine andere Zeit war als sonst. Ein besonderer Tag. Weihnachten zog in die Häuser und sie konnten es sehen und erleben.
»Ob das Christkind schon bei uns war?«, fragte der kleine Bruder.
»Glaub ich nicht«, antwortete der Vater. »Das kommt sicher erst, wenn wir wieder daheim sind. Sonst wären die Kerzen schon heruntergebrannt.«
»Woher hat das Christkind die Streichhölzer?«, fragte die kleine Schwester und ging weiter. »Kann es sich beim Kerzenanzünden nicht die Finger verbrennen?«
»Doch nicht das Christkind!«, sagte der Große.
»Nein, bestimmt nicht«, fügte der Vater hinzu. »Das wäre ja noch schöner.«
Sie kamen an dem Geschäft vorbei, das die Mutter noch nie betreten hatte, obwohl es da manchmal schon von weitem nach Braten duftete. Nach Gänsebraten. Im Schaufenster konnte man sich die Bratenteile ansehen. Knusprig braun und vor Fett glänzend die Beine, ein Teil der Brust oder eine ganze Gans. Den Kindern lief das Wasser im Mund zusammen. Und

sosehr sie auch bettelten, die Mutter blieb jedes Mal hart. »Nein«, sagte sie, »Kinder, das geht nicht. Vielleicht bekommen wir einmal eine günstige Gans vom Land. Und dann brate ich sie, das kommt billiger.«

Obwohl das Schaufenster diesmal leer war, meinten sie noch immer einen leichten Bratenduft zu verspüren. Sie gingen erst weiter, als der Vater sagte: »Kommt, es wird langsam Zeit.«

Ein Pferdefuhrwerk ratterte über das Straßenpflaster. Der Kutscher auf dem Bock rief: »Schaut, dass ihr heimkommt, Kinder. Sonst verpasst ihr das Christkind.«

Plötzlich hatten sie Angst, sie könnten es wirklich verpassen. Die beruhigenden Worte des Vaters halfen da nicht viel. Erst als sie in die Baumgasse einbogen und die Häuser ihnen vertrauter wurden, beruhigten sie sich etwas. Da war der Eissalon, der schon seit Wochen geschlossen war. Der Besitzer und seine Familie waren jetzt in Italien. Und Italien war für die Geschwister unerreichbar weit. Sie stellten sich vor, dass es in Italien immer warm war und dass man dort nie heizen musste. Wie glücklich waren dort die Kinder, weil sie nie warmes Zeug oder gar Mützen tragen mussten!

Manchmal, aber wirklich nur manchmal hatte die Mutter ihnen hier ein Eis gekauft, die kleinste Portion, die es gab. Und sie hatten sich entscheiden müssen, ob sie Vanille-, Erdbeer- oder Haselnusseis haben wollten.

»Haben sie in Italien auch Weihnachten?«, fragte die kleine Schwester.

»Selbstverständlich«, antwortete der Vater, als hätte er es selbst gesehen.

»Kann das Christkind auch Italienisch? Ich meine, kann es dort die Wunschzettel lesen?«

»Das Christkind versteht alle Sprachen«, sagte der Vater überzeugend.

Jetzt kamen sie beim Kohlenhändler vorbei. Genauer gesagt, bei seinem Geschäft, das sich im Keller eines alten Eckhauses befand. Natürlich war das Geschäft jetzt geschlossen. Aber sie dachten an den Kohlenhändler, der ein freundlicher Mann war. Und wie er vor der Ladentür auf einem Hackstock saß und Tauben fütterte. Die Tauben fürchteten sich nicht vor ihm, obwohl er manchmal ganz schwarz im Gesicht war.

»Muss ein Kohlenhändler sich jeden Tag waschen?«, fragte der kleine Bruder.

»Natürlich, sonst wird die Bettwäsche schmutzig«, antwortete Vater.

»Dann werd ich nicht Kohlenhändler«, sagte der kleine Bruder, der ein wenig wasserscheu war.

»Das Waschen ist das wenigste«, sagte der Vater. »Stell dir lieber vor, wie lästig es ist, die schweren Kohlensäcke bis in den vierten Stock hinaufzutragen. Ein paar Mal hintereinander.«

»Werden Kohlenhändler reich?«, fragte der Älteste.

»Durch schwere Arbeit wird man nie reich«, antwortete der Vater. Und dann: »So, jetzt nur noch um die Ecke und dann sind wir daheim.«

Und es war wie immer. Im Hausflur roch es nach gebackenem Seefisch, Mutter hatte ein besseres Kleid an und eine Schürze darüber. Und über dem Küchentisch war ein Tischtuch gebreitet und da standen auch schon die Teller, für jeden einer, und auf dem Tisch ein Messingkerzenleuchter mit drei brennenden Kerzen.

Mutter hatte rote Wangen und fragte: »Und wie war es auf eurem Spaziergang?«

»Ja, soviel wir gesehen haben, ist das Christkind fleißig unterwegs. Nicht wahr, Kinder?«

»Ja«, sagten die drei wie aus einem Mund. Dann durften sie essen.

»Gebt beim Fisch Acht, vielleicht sind noch irgendwo Gräten dabei«, mahnte die Mutter.

Als Vater mit dem Essen fast fertig war, bekleckerte er sein Hemd mit Kartoffelsalat. Er ging ins Nebenzimmer, um sich ein sauberes Hemd anzuziehen. Kaum hatte er sich wieder an

den Tisch gesetzt, fragte Mutter: »Hat es da nicht gebimmelt?«
Jetzt meinten auch die Kinder, ein Glöckchen gehört zu haben. Mutter stand auf und öffnete die Türe und tatsächlich, die Kerzen auf dem Christbaum brannten. »Kommt«, sagte sie leise. »Kinder, das Christkind war da.«

Der Schrei

Ich halte ja sonst nichts von Jungs«, sagte Cornelia. »Eingebildete Fatzkes. Aber diesmal hätten wir einige gut brauchen können.«
»Wo du Recht hast, hast du Recht«, pflichtete ihr Sarah bei. »Ich hab noch immer das Gefühl, einen Bart zu tragen, ich muss immer wieder mein Kinn anfassen, damit ich merke, der Bart ist ab.«
»Und ich«, begann Nicole, »hab die ganze Zeit über gedacht, »was für ein Glück, dass wir uns nicht für das andere Spiel mit den Reimen entschieden haben. Stellt euch vor, wir wären bei unserer Textsicherheit hängen geblieben und hätten bei einem Blackout fix weiterreden sollen. Das schaffst du nie.« Nicole hatte den Lahmen gespielt.
»Ob es die Leute gemerkt haben, dass wir munter drauflos erfunden haben?«, fragte Cornelia.
»Nach dem, wie sie applaudiert haben, nicht«, sagte Winnie, die einen bartlosen Hirtenknaben gespielt hatte. »Als ich da so vor der Krippe kniete, hab ich ab und zu ins Publikum gesehen. Die Leute waren direkt ergriffen.«
»Das hat mein schwarzer Bart gemacht«, rief Sarah. »Mit dem war ich als Heiliger Josef geradezu umwerfend.«
»Und ich erst als Maria«, rief Cornelia. »Aber als ich Sarah

zum ersten Mal mit Bart gesehen hab, da musste ich lachen. Du hättest den Bart schon bei der Generalprobe tragen sollen. Ein Glück, dass ich mich über die Puppe in der Krippe beugen konnte, da haben es die Leute nicht sehen können.«
Andrea, die bisher geschwiegen hatte, sagte: »Macht euch nicht lustig über das Krippenspiel, es hat einigen Leuten etwas bedeutet. Das hab ich gespürt, in dem Augenblick, da ich als Blinder an die Krippe herantrat, direkt hinter den Lahmen. Ich hab die Gänsehaut gekriegt, als ich gesagt hab: ›Kindlein, ich kann dich nicht sehen, aber ich spüre dich. Alle anderen haben den Stern gesehen, aber mich hat er geleitet, wie eine Stimme in der Nacht.‹«
»Und dir spannt nicht mehr die Haut, wo der Bart angeklebt war?«, fragte Sarah Andrea.
»Natürlich spannt die Haut, aber das ist doch nicht so wichtig.«
»Die Presse war auch da«, sagte Cornelia nach einer Pause. »Sie hat ein paar Mal geknipst, bin neugierig, ob man uns in der Zeitung erkennen kann.«
»Aber um das geht's doch gar nicht«, widersprach Andrea. »Wichtig war, dass wir das Krippenspiel aufgeführt haben, dass die Leute gekommen sind, dass sie gespendet haben und dass das Geld dem Behindertenprojekt hilft.«
»Du redest wie unsere Roggenkamp.«
»Ja, aber wäre sie nicht gewesen, wäre nichts geschehen. Es wäre kein Geld hereingekommen.«
Cornelia lenkte ein: »Natürlich hast du Recht, aber wir waren alle so aufgeregt. Und jetzt lässt die Spannung nach. Morgen müssen wir uns gleich um die Puppe in der Krippe kümmern. Frau Seewald hat gesagt, sie ist wertvoll, wir sollen ja darauf achten.«
»Eine ganz alte Puppe«, lästerte Winnie.
»Eben deshalb. Die können heute ganz schön teuer sein.«
Sie waren am Einkaufszentrum angelangt, wo ihre Wege auseinander gingen. Es lag jetzt wie tot da, nur die Leuchtreklame

leuchtete in die Nacht und färbte den Himmel darüber rötlich. Der riesige Parkplatz war leer, die Straßenlampen beleuchteten die weißen Parkplatzbegrenzungen für die einzelnen Autos, die jetzt sinnlos erschienen. Winde aus verschiedenen Richtungen bliesen einige leere Plastiktüten mal hier- und mal dorthin.

»Für die Jahreszeit zu warm, würde ich sagen, wenn ich was zu sagen hätte«, meinte Sarah. »Weihnachten gibt's diesmal sicher keinen Schnee.«

»Schnee gibt's grundsätzlich erst, wenn die Weihnachtsferien vorüber sind«, behauptete Andrea.

»Sie hat zwar nicht immer Recht«, stellte Cornelia fest, »aber diesmal schon.«

»Also dann ab nach Hause«, schlug Winnie vor. »Und morgen erst mal richtig ausschlafen. Schließlich ist vierter Advent.«

»Wäre schön, wenn mir einer morgen das Frühstück ans Bett bringen würde«, seufzte Sarah.

Als sie mit dem Händereichen beginnen wollten, zuckten sie zusammen, denn sie hörten einen Schrei. Wie auf Kommando zogen sie die Hände zurück, blickten einander entgeistert an.

»Was war das?«, fragte Winnie.

Bevor die anderen antworten konnten, folgte ein zweiter Schrei. Es war eine Frauenstimme.

»Hört sich an wie . . .«, begann Cornelia.

»Es kommt von dem Kleinlaster dort«, rief Andrea.

Der Kleinlaster stand am hinteren Ende des Parkplatzes neben einer Thujenhecke. Sarah war die Erste, die hinlief, die anderen folgten ihr. Als sie an dem total verschmutzten Wagen ankamen, trommelten sie mit den Fäusten gegen das Blech. »Was ist hier los?«, schrien sie. »Was geschieht da?« Sie befürchteten ein Verbrechen.

Da öffnete sich eine Schiebetür und ein junger Mann beugte sich heraus. Er schien verwirrt zu sein.

»Keine Angst«, sagte er. »Es ist nur . . . es ist nur gerade ein Kind auf die Welt gekommen.«

»Deine Frau?«, fragte Sarah, während Andrea und Cornelia in den Wagen sprangen.
»Nein, sie heißt Jovanka. Wir haben sie mitgenommen, weil es in ihrem Dorf nur noch Ruinen gab. Ich heiß übrigens Falco.«
»Was heißt wir? Ist da noch jemand dabei?«
»Wir, das sind Holger und ich. Holger ist losgerannt und sucht einen Arzt. Wir wollten noch bis zu uns nach Hause kommen, aber wir haben es nicht mehr geschafft. Das Baby war schneller.«
»Ein Arzt?«, rief Winnie. »Warum sagst du das nicht gleich? Ich hole meinen Vater, der ist Arzt.« Sie rannte los, als hätte sie dafür trainiert.
»Es ist ein Junge!«, rief Cornelia ein wenig später. »Und das Licht der Welt, das er erblickt hat, ist das Licht einer Taschenlampe.«
»Er muss es warm haben!«, rief Sarah in den Wagen hinein. »Legt ihn der Mutter auf den Bauch und deckt beide gut zu.«
»Leicht gesagt«, meinte Cornelia. »Doch, da ist etwas. Eine Decke.«
»Gut, das Kind muss es unbedingt warm haben, bis Winnie mit ihrem Vater zurückkommt«, rief nun auch Nicole.
»Wir haben sie schwarz über die Grenze gebracht«, gestand der junge Mann. Es war, als müsse er die Geschichte erzählen. »Wenn du das da unten siehst, da kannst du nicht anders. Du glaubst es nicht! Kein Stein mehr auf dem anderen.«
»Und wieso seid ihr da hinuntergefahren?«
»Wir haben Sachen hinuntergebracht. Alte Kleider, Lebensmittel, Decken. Wir waren einmal im Urlaub dort und die Leute waren so freundlich. Und jetzt bringen sie sich gegenseitig um. Nur zerstörte Häuser . . .«
»Jetzt hat er gelacht!«, rief Andrea von drinnen. »Oder so ähnlich zumindest.«
»Sie hat zwar mit uns geredet, aber wir haben kein Wort verstanden«, berichtete Falco. »Sie haben unten sogar ge-

schossen auf uns. Aber gefürchtet haben wir uns erst an unserer Grenze.«
»Das kann ich verstehen«, sagte Nicole und schluckte.
Da kam Holger zurück. Er keuchte und konnte kaum noch laufen. »Nichts«, meldete er mit tonloser Stimme. »Einfach nichts. Da hinten ist eine Siedlung, aber weit und breit kein Arzt.«
»Es ist schon da«, sagte Falco und sprang aus dem Wagen. »Ein Junge.«
»Weit und breit kein Arzt«, wiederholte Holger keuchend. »Was machen wir jetzt? Sie braucht doch Hilfe.«
Er setzte sich auf das Trittbrett. Dann besann er sich. »Ging's gut?«
»Es hätte vielleicht besser gehen können. Ich weiß nicht. Sie hat geschrien und da sind Gott sei Dank die Mädchen gekommen. Eines holt ihren Vater, der ist Arzt.«
Von der Straße kam ein Auto auf sie zugerast und bremste kurz vor ihnen scharf ab.
»Mein Vater«, sagte Winnie stolz, als sie ausgestiegen war.
Der Vater nickte nur, stieg in den Wagen hinein und sagte: »Lasst sehen.« Kurz darauf fragte er Falco: »Habt ihr noch Sprit im Tank?«
»Reichlich«, sagte der.
»Gut, ich fahre voraus und ihr folgt mir. Die Mädchen bleiben alle bei ihr und dem Kind. Es hat keinen Sinn, die junge Mutter jetzt in meinen Wagen zu verfrachten und sie bei mir wieder herauszuholen.«
Falco setzte sich hinters Lenkrad, Holger, dessen Atem langsam ruhiger ging, neben ihn.
»Und fahrt schön ruhig«, sagte der Doktor, ehe er in seinen Wagen stieg und losfuhr.
Falco ließ den Motor anspringen. Zuerst ging's auf die breite Hauptstraße, unter Lichtergirlanden hindurch und an hellen Schaufenstern vorbei, dann links einen Hang hinauf. Links und rechts der Straße standen hinter entlaubten Hecken Vil

len und Bungalows. Vor einer Doppelgarage mit einigen Parkplätzen nebenan blieb der Arztwagen stehen. Der Doktor kam heran und tippte an die Seitenscheibe.
»Ich öffne euch das linke Garagentor«, sagte er. »Da könnt ihr in die Garage fahren. Von da bringen wir sie leichter ins Haus. Und es muss nicht jeder sehen, was wir hier machen.«
»Ist toll«, sagte Falco, der noch immer Angst hatte, sie könnten von der Polizei aufgegriffen werden. Vorsichtig fuhr er in die Garage und stellte den Motor ab.
Winnie schloss das Garagentor und in der Tür des Hauses erschien die Frau des Arztes. »Das warme Wasser steht schon in Raum zwei.«
»Wer hilft mir die Frau tragen?«
»Wir!«, sagte Holger. »Falco und ich.«
Der Säugling krähte, als sie die junge Mutter aus dem Wagen hoben.
»Gleich ist es vorbei«, sagte der Arzt. Und der Tonfall seiner Stimme beruhigte die Frau.
»Sie versteht kein Wort Deutsch«, erklärte Falco, während sie vorsichtig durch die Tür in den Flur gingen.
»Ich weiß, trotzdem muss ich mit ihr reden. Sie spürt, dass wir es gut mit ihr meinen. Und das ist wichtig.« Er wandte sich lächelnd an die junge Mutter. »Nicht wahr?«
Jovanka lächelte zurück.
»So und jetzt nur noch durch diese Tür, dann sind wir dort, wo wir hinwollten. Winnie, du führst die beiden Herren und deine Freundinnen in unsere Küche. Vielleicht möchten sie Tee oder sonst was.«
Sie traten aus dem Raum zwei, wo jetzt Jovanka auf einer Liege lag und der Doktor und seine Frau zurückblieben.
Alle gingen ins Bad, um sich die Hände zu waschen, und traten danach in die große, bäuerlich eingerichtete Küche.
Winnie stellte Wasser auf und fragte die jungen Männer, ob sie was essen wollten. Sie nickten und Cornelia rief: »Für mich auch etwas, ich hab entsetzlichen Hunger.«

Sarah und Nicole meinten: »Nun, wenn du schon dabei bist . . .«
Als Falco die erste Tasse Tee in beiden Händen hielt, meinte er: »Irgendwie ist mir, als hätte ich das Ganze schon erlebt.«
»Hmm«, machte Holger.
Auch Andrea nickte. »Mir geht's genauso.«
Bevor Cornelia etwas sagen konnte, wurde die Tür geöffnet.
»Jetzt haben wir sie schon in ihr Bett gebracht«, sagte der Vater. »Alles, was getan werden musste, ist getan, ordentlich abgenabelt, das Kind liegt sauber neben der Mutter.«
»Entschuldigen Sie, Herr Doktor, wir haben Ihnen eine Menge Unannehmlichkeiten . . .«, begann Holger.
»Nicht der Rede wert«, wehrte der Arzt ab.
»Aber Sie müssen doch den Vorfall melden«, gab Falco zu bedenken.
»Muss ich wohl«, sagte der Arzt. »Aber zuallererst wird Weihnachten gefeiert und dann, viel, viel später, dann kommt erst alles andere.«

Inhalt